瑞蘭國際

掌握關鍵120分，戰勝新日檢！

新日檢 N2 新版

言語知識 全攻略

（文字‧語彙‧文法）

林士鈞老師　著／元氣日語編輯小組　總策劃

作者序

「重版出來」是此時此刻的最佳寫照。所謂的「重版出來」，指的是版型和初版完全相同，但再版的發行量超過了初版的量。可是，既然賣得好，再刷就可以了，何必再版呢？既然要再版，為何是原封不動的再版呢？因此這一詞也成為了該書深受讀者喜愛、暢銷的證明。出版社跟我提出了再版本書，但是我左想右想，實在想不出要增加哪個單字或是要刪減哪個句型，唯一能夠做的是調整一下用字遣詞、努力抓出幾個缺漏之處。雖不能說是原汁原味，但也盡量忠於原味，這樣的重新上市應該也算是種「重版出來」。

不過我還是要跟初次見面的讀者說一聲，這是一本只有「言語知識」，沒有「讀解」、沒有「聽解」的日檢書，如果不符合您的需求，請選購本社所出版的「考前總整理」系列或是「模擬試題」系列。但是如果要說這本書的厲害之處，就是《新日檢N2言語知識全攻略》初版的日期是新日檢舉行的四個月前，照理來說內容應該是臆測的，但多年下來，卻不覺得有任何不適合之處。當然，這也就是選擇重新再版的原因。

「言語知識」包含了「文字」、「語彙」、「文法」三個單元，這樣的訓詁之學在古時被稱為小學。小學一詞，似乎有貶抑之意，不過這是國學常識的不足。小學指的是基礎學科，要研究高深的學問，怎麼可以不懂訓詁之學？要看懂閱讀測驗、要聽懂聽力測驗，怎麼可以不先學會文字、語彙、文法呢？因此，準備日檢時，必須先熟練單字和文法。單字真的記住、文法真的懂了，不管是怎樣的文章都看得懂、不管是怎樣的對話都聽得懂。這，才是真懂！

N2很難，有多難？其實不是N1那種多到怎麼記還是記不起來的難，而是像參加游泳比賽遲到，裁判哨音一吹，你還在脫褲子的那種難。這是因為新日檢一年二回，所以很多同學才學了一年半就準備上場考N2。也因為總學習時數的不足，準備起來當然格外吃力。華人們，請先了解一件事，你之前能夠輕鬆通過N3，不是因為你認真，而是因為你的血統！

　　既然時間不足，效率就更為重要。一般教材的單字常以使用情境區分，但本書的單字是以音節數分類，動詞則是由語尾音節分類。另外，一般教材的文法常以五十音順序區分，但本書則是分成接尾語、副助詞、複合助詞、接續用法、句尾用法。不管是以出題形式還是認知語言學的角度來看，絕對是最適合華人記憶背誦的日檢N2言語知識教材。

　　感謝董事長、社長、編輯部以及這段時間給予協助的每一位同仁，也感謝一直以來支持《新日檢N2言語知識全攻略》的每一位讀者。當然，最後要感謝正在閱讀本文的你，加油！

戰勝新日檢，掌握日語關鍵能力

元氣日語編輯小組

　　日本語能力測驗（**日本語能力試驗**）是由「日本國際教育支援協會」及「日本國際交流基金會」，在日本及世界各地為日語學習者測試其日語能力的測驗。自1984年開辦，迄今超過30多年，每年報考人數節節升高，是世界上規模最大、也最具公信力的日語考試。

新日檢是什麼？

　　近年來，除了一般學習日語的學生之外，更有許多社會人士，為了在日本生活、就業、工作晉升等各種不同理由，參加日本語能力測驗。同時，日本語能力測驗實行30多年來，語言教育學、測驗理論等的變遷，漸有改革提案及建言。在許多專家的縝密研擬之下，自2010年起實施新制日本語能力測驗（以下簡稱新日檢），滿足各層面的日語檢定需求。

　　除了日語相關知識之外，新日檢更重視「活用日語」的能力，因此特別在題目中加重溝通能力的測驗。目前執行的新日檢為5級制（N1、N2、N3、N4、N5），新制的「N」除了代表「日語（Nihongo）」，也代表「新（New）」。

新日檢N2的考試科目有什麼？

　　新日檢N2的考試科目為「言語知識・讀解」與「聽解」二大科目，詳細考題如後文所述。

至於新日檢N2總分則為180分，並設立各科基本分數標準，也就是總分須通過合格分數（＝通過標準）之外，各科也須達到一定成績（＝通過門檻），如果總分達到合格分數，但有一科成績未達到通過門檻，亦不算是合格。各級之總分通過標準及各分科成績通過門檻請見下表。

N2總分通過標準及各分科成績通過門檻			
總分通過標準	得分範圍	0~180	
	通過標準	90	
分科成績通過門檻	言語知識（文字・語彙・文法）	得分範圍	0~60
		通過門檻	19
	讀解	得分範圍	0~60
		通過門檻	19
	聽解	得分範圍	0~60
		通過門檻	19

從上表得知，考生必須總分90分以上，同時「言語知識（文字・語彙・文法）」、「讀解」、「聽解」皆不得低於19分，方能取得N2合格證書。

而從分數的分配來看，「言語知識（文字・語彙・文法）」、「聽解」、「讀解」各為60分，分數佔比均為1/3，表示新日檢非常重視聽力與閱讀能力，要測試的就是考生的語言應用能力。

此外，根據官方新發表的內容，新日檢N2合格的目標，是希望考生能理解日常生活中各種狀況的日語，並對各方面的日語能有一定程度的理解。

新日檢程度標準		
新日檢 N2	閱讀（讀解）	・對於議題廣泛的報紙、雜誌報導、解說、或是簡單的評論等主旨清晰的文章，閱讀後理解其內容。 ・閱讀與一般話題相關的讀物，理解文脈或意欲表現的意圖。
	聽力（聽解）	・在日常生活及一些更廣泛的場合下，以接近自然的速度聽取對話或新聞，理解話語的內容、對話人物的關係、掌握對話要義。

新日檢N2的考題有什麼？

　　要準備新日檢N2，考生不能只靠死記硬背，而必須整體提升日文應用能力。考試內容整理如下表所示：

考試科目 （考試時間）		題　　型		
		大　　題	內　　容	題　數
言語知識（文字・語彙・文法）・讀解（105分鐘）	文字・語彙	1　漢字讀音	選擇漢字的讀音	5
		2　表記	選擇適當的漢字	5
		3　語形成	派生語及複合語	5
		4　文脈規定	根據句子選擇正確的單字意思	7
		5　近義詞	選擇與題目意思最接近的單字	5
		6　用法	選擇題目在句子中正確的用法	5
	文法	7　文法1 （判斷文法型式）	選擇正確句型	12
		8　文法2 （組合文句）	句子重組（排序）	5
		9　文章文法	文章中的填空（克漏字），根據文脈，選出適當的語彙或句型	5
	讀解	10　內容理解 （短文）	閱讀題目（包含生活、工作等各式話題，約200字的文章），測驗是否理解其內容	5
		11　內容理解 （中文）	閱讀題目（評論、解說、隨筆等，約500字的文章），測驗是否理解其因果關係、理由、或作者的想法	9
		12　綜合理解	比較多篇文章相關內容（約600字）、並進行綜合理解	2
		13　主旨理解 （長文）	閱讀主旨較清晰的評論文章（約900字），測驗是否能夠掌握其主旨或意見	3
		14　資訊檢索	閱讀題目（廣告、傳單、情報誌、書信等，約700字），測驗是否能找出必要的資訊	2

考試科目 （考試時間）	題　　型			
		大　　題	內　　容	題　數
聽解 （50分鐘）	1	課題理解	聽取具體的資訊，選擇適當的答案，測驗是否理解接下來該做的動作	5
	2	重點理解	先提示問題，再聽取內容並選擇正確的答案，測驗是否能掌握對話的重點	6
	3	概要理解	測驗是否能從聽力題目中，理解說話者的意圖或主張	5
	4	即時應答	聽取單方提問或會話，選擇適當的回答	12
	5	統合理解	聽取較長的內容，測驗是否能比較、整合多項資訊，理解對話內容	4

　　其他關於新日檢的各項改革資訊，可逕查閱「日本語能力試驗」官方網站http://www.jlpt.jp/。

台灣地區新日檢相關考試訊息

測驗日期：每年七月及十二月第一個星期日

測驗級數及測驗時間：N1、N2在下午舉行；N3、N4、N5在上午舉行

測驗地點：台北、桃園、台中、高雄

報名時間：第一回約於三～四月左右，第二回約於八～九月左右

實施機構：財團法人語言訓練測驗中心

　　　　　（02）2365-5050

　　　　　http://www.lttc.ntu.edu.tw/JLPT.htm

新日檢N2準備要領

林士鈞老師

言語知識準備要領

新日檢N2的「言語知識」共有九大題，前面六大題為「文字‧語彙」相關題目，後面三大題為「文法」相關題目。

「文字‧語彙」部份，第一大題考漢字讀音，約有5小題；第二大題考漢字寫法，約有5小題；第三大題考複合詞，約有5小題；第四大題考克漏字，約有7小題；第五大題考同義字，約有5小題；第六大題考單字用法，約有5小題。

「文法」部份，則是第七到第九大題。第七大題和過去的文法考題類似，考句子文法，約12小題；第八大題考句子重組，約5小題；第九大題考文章文法，會出現一篇文章，以選擇題的形式要我們選出空白處的正確答案，也可視為文章式的克漏字，此篇文章會有5小題。

新日檢N2「言語知識」的準備要領有以下三點：

1. 熟練

N2的考題量和作答時間比較，幾乎是「不成比例」，也就是考題一定是多到寫不完。這是因為N2不只是測驗考生會不會，而是要測驗考生熟不熟練。所以無論是單字或是文法，務必熟練！

2. 熟練再熟練

　　「言語知識」和「讀解」合併一節考試，考試時間為105分鐘，但是計分卻是分開計分。也就是「言語知識」會有一個成績，「讀解」會有另一個成績。如果考生可以迅速地做完「言語知識」共54小題，那麼則會有充裕的時間做後面的閱讀測驗。老師建議「言語知識」作答時間不要超過25分鐘，如此一來就可以有80分鐘的時間好好地看閱讀測驗。

3. 熟練、熟練、再熟練

　　如果單字和文法夠熟練，不僅對閱讀能力有幫助，對聽力也有實質的幫助。所謂的「聽不懂」，並不是耳朵「聽不到」，而是大腦無法分辨聽見的字句的意義。也就是「聽力」不好的根本原因是「單字、文法不夠熟練」。只有夠熟練，才能在一瞬間判斷聽到的句子的意思，因此，我們要求考生熟練、熟練、再熟練！

讀解準備要領

新日檢N2的「讀解」分為五大題。第一大題為短篇（約200字）閱讀測驗；第二大題為中篇（約500字）閱讀測驗；第三大題為「統合理解」，通常會有三篇相關的短篇文章（合計約600字），要考生對照、比較；第四大題則是長篇（約900字）閱讀測驗；第五大題為「情報檢索」，會出現廣告、傳單、手冊之類的內容（約700字），考生必須從中找出需要的資訊來作答。

新日檢N2「讀解」的準備要領有以下四點：

1. 全文精讀

第一、第二大題屬於「內容理解」題型，所以必須「全文精讀」才能掌握。

2. 部份精讀

第三大題屬於「統合理解」題型，所以考生要迅速的掌握重點、比較其異同，因此「部份精讀」即可。

3. 全文略讀

第四大題屬於「主張理解」題型，通常為論說文，最長、也最難，但考生只要「全文略讀」，找出作者的「主張」即可。

4. 部份略讀

第五大題屬於「情報檢索」題型，考生只要從題目看一下需要的資訊是什麼，再從資料中找出來即可，所以「部份略讀」就可以了。

聽解準備要領

　　聽解可以分為「有提示」以及「無提示」二類。第一大題和第二大題均是有提示的題目，第一大題考生要從圖或選項選出正確答案。第二大題考生會先聽到題目，然後有時間讓考生閱讀試題冊上的選項，接著再聽對話、作答。

　　第三大題到第五大題則屬於無提示題。第三大題會先出現一段對話或敘述，然後才出現題目、再從選項中選出正確的答案。第四大題會出現「一句話」，考生要從選項選出如何「回應」該句話，選項為三選一。第五大題則是會出現一段長篇的對話或敘述，考生聽完該段話之後，才會出現題目，且題目不只一題，可以稱為「聽力版」的閱讀測驗。

　　新日檢N2「聽解」的準備要領有以下二點：

1. 專心聆聽每一題的提問

　　第一大題、第二大題會先出現題目，再進行對話，然後會再出現一次題目，再從試題冊中的選項選出答案。請考生務必把握此二大題，答題關鍵為第一次提問時一定要聽懂，然後再從對話中選出答案。如果可以在一開始就知道問的是什麼，就不需要做任何筆記，專心地「聽」答案。

2. 不要做無謂的筆記

　　第三到第五大題都是無提示題。考生通常會努力的記筆記，但是請注意，這是聽力考試，不是上課。不要一味地記筆記，如果聽懂的部份，當然就不要記了。此外，第四大題只有「一句話」，千萬不要記任何東西，只要閉上眼睛聆聽、聽選項、選答案就好了。

新日檢N2
言語知識（文字・語彙・文法）全攻略

如何使用本書

Step1. 本書將新日檢N2「言語知識」必考之文字、語彙、文法，分別依：

第一單元　文字・語彙（上）──和語篇

第二單元　文字・語彙（下）──音讀漢字篇

第三單元　文法篇

之順序排列，讀者可依序學習，或是選擇自己較弱的單元加強。

單元說明
在必考題型整理之前，解說單元內容，幫助題型分類與記憶！

MP3音檔序號
發音最準確，隨時隨地訓練聽力。

必考題型整理
以五十音順依序排列，不但能輕鬆分辨相似單字，依據單元不同並加上例句輔助，迅速掌握考題趨勢，學習最有效率！

文法句型
依照出題基準整理，命中率最高！

意義與連接
詳列中文意義，好學、好記憶。此外標明運用此句型時，該如何與其他詞類接續，才是正確用法。

日語例句與解釋
例句生活化，好記又實用。

Step2. 在研讀前三單元之後，可運用

第四單元　模擬試題 ＋ 完全解析

做練習。

三回的模擬試題，均附上解答與老師之詳細解說，測驗實力之餘，
也可補強不足之處。

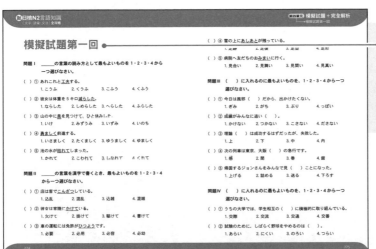

實戰練習

完全模擬新日
檢出題方向，
培養應考戰鬥
力。

**日文原文與
中文翻譯**

測驗後立即對照，
掌握自我實力。

解析

老師詳解模擬試
題，了解盲點所
在。

如何掃描 QR Code 下載音檔

1. 以手機內建的相機或是掃描 QR Code 的 App 掃描封面的 QR Code。

2. 點選「雲端硬碟」的連結之後,進入音檔清單畫面,接著點選畫面右上角的「三個點」。

3. 點選「新增至「已加星號」專區」一欄,星星即會變成黃色或黑色,代表加入成功。

4. 開啟電腦,打開您的「雲端硬碟」網頁,點選左側欄位的「已加星號」。

5. 選擇該音檔資料夾,點滑鼠右鍵,選擇「下載」,即可將音檔存入電腦。

目　次

第一單元

23 文字·語彙 (上)──和語篇

189 ▶ 五 句尾用法

新日檢N2言語知識
（文字・語彙・文法）全攻略

第一單元
文字・語彙（上）
——和語篇

　　第一單元「文字・語彙（上）——和語篇」分成七部份，幫助讀者平日背誦以及考前總複習。

　　七部份分別為一、訓讀名詞，二、和語動詞，三、複合動詞，四、形容詞，五、副詞，六、外來語，七、接續詞。

　　只要記住這些語彙，不僅「文字・語彙」相關考題可以拿到滿分，亦有助於理解「讀解」之文章。請搭配MP3音檔學習，效果更佳。

一　訓讀名詞

　　漢字讀音可分為「音讀」和「訓讀」。「音讀」時，該漢字是以其字音來發音，由於這樣的發音與中文發音有著一定程度的關聯，所以對華人來說，只要多接觸，一定能夠慢慢掌握發音的規則。另一方面，「訓讀」卻非以字音來發音，而是以字義來發音。正因為該漢字的唸法與漢字的字音無關，所以如果沒學過的詞彙，再怎麼樣也不可能知道應該怎麼發音。因此，本單元整理出了新日檢N2考試範圍內的訓讀名詞，並以音節數及五十音順序排列。配合隨書所附的MP3音檔，絕對可以幫助讀者在最短的時間內，輕鬆熟記以下的訓讀名詞。

　　此外，各位讀者知道什麼是「重<ruby>箱<rt>じゅうばこ</rt></ruby>読<ruby><rt>よ</rt></ruby>み」、什麼是「湯<ruby>桶<rt>ゆとう</rt></ruby>読<ruby><rt>よ</rt></ruby>み」嗎？「重<ruby>箱<rt>じゅうばこ</rt></ruby>」是「多層餐盒」的意思，由於「重<ruby>箱<rt>じゅうばこ</rt></ruby>」這個漢詞的第一個漢字「重<ruby><rt>じゅう</rt></ruby>」是以「音讀」的方式來發音、「箱<ruby><rt>ばこ</rt></ruby>」是以「訓讀」的方式來發音，因此「重<ruby>箱<rt>じゅうばこ</rt></ruby>読<ruby><rt>よ</rt></ruby>み」可以稱為「音訓唸法」（例如「職<ruby>場<rt>しょくば</rt></ruby>」、「判<ruby>子<rt>はんこ</rt></ruby>」等等亦是）。而「湯<ruby>桶<rt>ゆとう</rt></ruby>」是「盛茶湯、麵湯的小桶子」的意思，第一個漢字「湯<ruby><rt>ゆ</rt></ruby>」以「訓讀」的方式發音，第二個漢字「桶<ruby><rt>とう</rt></ruby>」則以「音讀」的方式發音，因此「湯<ruby>桶<rt>ゆとう</rt></ruby>読<ruby><rt>よ</rt></ruby>み」可以稱為「訓音唸法」（例如「場<ruby>所<rt>ばしょ</rt></ruby>」、「合<ruby>図<rt>あいず</rt></ruby>」等等亦是）。

　　正因為「重<ruby>箱<rt>じゅうばこ</rt></ruby>読<ruby><rt>よ</rt></ruby>み」和「湯<ruby>桶<rt>ゆとう</rt></ruby>読<ruby><rt>よ</rt></ruby>み」是漢詞的特殊唸法，學習者常會弄錯，自然也是考試常出現的考題。所以本節亦將相關單字整理在裡面，記得要想一想哪一些詞彙是這樣子的特殊發音喔！

（一）單音節名詞 MP3-01))

日文發音	漢字表記	中文翻譯	日文發音	漢字表記	中文翻譯
け	毛	毛髮	ち	血	血液
と	戸	門	ね	根	樹根
は	歯	牙齒	は	葉	葉子
ば	場	地點	ま	間	空隙
み	身	身體	み	実	果實
ゆ	湯	熱水	わ	輪	圓圈

（二）雙音節名詞 MP3-02))

	日文發音	漢字表記	中文翻譯	日文發音	漢字表記	中文翻譯
ア行	あと	跡	痕跡	いき	息	氣息
	いし	石	石頭	いた	板	板子
	いと	糸	絲線	いど	井戸	水井
	いま	居間	客廳	いわ	岩	岩石
	うで	腕	手臂	うま	馬	馬
	うめ	梅	梅子	えだ	枝	樹枝
	おび	帯	腰帶			

	日文發音	漢字表記	中文翻譯	日文發音	漢字表記	中文翻譯
カ行	かい	貝	貝	かお	顔	臉
	かず	数	數目	かた	型	類型
	かみ	神	神	かみ	髪	頭髮
	かわ	皮	外皮	かわ	革	皮革
	きし	岸	岸	きじ	生地	布料
	くだ	管	管子	くつ	靴	鞋子
	くび	首	脖子	くみ	組	班級
	くも	雲	雲	けさ	今朝	今天早上
	こい	恋	戀愛	こえ	声	聲音
	こし	腰	腰	こめ	米	米
	こや	小屋	簡陋的房子			

	日文發音	漢字表記	中文翻譯	日文發音	漢字表記	中文翻譯
サ行	さか	坂	坡道	さけ	酒	酒
	さら	皿	盤子	しお	塩	鹽巴
	しな	品	物品	しま	島	島嶼
	しろ	城	城	すえ	末	末端
	すな	砂	沙子	すみ	隅	角落

	日文發音	漢字表記	中文翻譯	日文發音	漢字表記	中文翻譯
夕行	たけ	竹	竹子	たに	谷	溪谷
	たび	旅	旅行	たま	玉	珠子
	たま	球	球	つぶ	粒	顆粒
	つま	妻	妻子	つゆ	梅雨	梅雨
	どろ	泥	泥巴	てま	手間	費工夫

	日文發音	漢字表記	中文翻譯	日文發音	漢字表記	中文翻譯
ナ行	なか	仲	交情	なみ	波	波浪
	にわ	庭	院子	ぬの	布	布匹
	ねこ	猫	貓	のき	軒	屋簷

	日文發音	漢字表記	中文翻譯	日文發音	漢字表記	中文翻譯
八行	はこ	箱	盒子、箱子	はし	橋	橋
	ばしょ	場所	場所	はだ	肌	皮膚
	はな	鼻	鼻子	はね	羽	翅膀、羽毛
	はば	幅	幅度	はら	腹	肚子
	はら	原	原野	はり	針	針
	ふで	筆	毛筆	ふね	船	船
	へた	下手	不高明	へや	部屋	房間

	日文發音	漢字表記	中文翻譯	日文發音	漢字表記	中文翻譯
マ行	まど	窓	窗戶	みみ	耳	耳朵
	むね	胸	胸膛	むら	村	村莊
	むれ	群れ	群	もと	元	根源
	もり	森	森林			

	日文發音	漢字表記	中文翻譯	日文發音	漢字表記	中文翻譯
ヤ・ワ行	やど	宿	住處	やね	屋根	屋頂
	ゆか	床	地板	ゆき	雪	雪
	ゆげ	湯気	蒸氣	ゆび	指	手指
	ゆめ	夢	夢	よこ	横	橫
	わた	綿	棉花			

（三）三音節名詞 MP3-03))

	日文發音	漢字表記	中文翻譯	日文發音	漢字表記	中文翻譯
ア行	あいず	合図	暗號	あいて	相手	對方
	あたま	頭	頭	あまど	雨戸	防雨板
	いえで	家出	離家出走	いずみ	泉	泉水
	いちば	市場	市場	いのち	命	性命
	いなか	田舎	鄉下、故鄉	いわば	岩場	岩石多的地方
	うえき	植木	樹木	うみべ	海辺	海邊
	うりば	売り場	售貨處	うわぎ	上着	外衣
	えがお	笑顔	笑臉	えのぐ	絵の具	顏料

ア行	おおや	大家	房東	おちば	落ち葉	落葉
	おっと	夫	丈夫	おとな	大人	成人

	日文發音	漢字表記	中文翻譯	日文發音	漢字表記	中文翻譯
カ行	かおり	香り	香氣	かきね	垣根	圍牆、籬笆
	かしま	貸間	出租的房間	かしや	貸家	出租的房子
	かたち	形	形狀	かのじょ	彼女	她、女朋友
	かわせ	為替	匯兌	きいろ	黄色	黄色
	きしべ	岸辺	岸邊	きたく	帰宅	回家
	きって	切手	郵票	きっぷ	切符	票
	きもち	気持ち	心情	きもの	着物	和服
	ぐあい	具合	狀況	くすり	薬	藥
	けいと	毛糸	毛線	けがわ	毛皮	皮草
	げんば	現場	現場	けむり	煙	煙
	こいし	小石	小石子	こえだ	小枝	小樹枝
	こおり	氷	冰	こさめ	小雨	小雨
	こつぶ	小粒	小顆	ことし	今年	今年
	ことば	言葉	語言	こども	子供	小孩
	ことり	小鳥	小鳥	このは	木の葉	樹葉
	こゆび	小指	小指			

	日文發音	漢字表記	中文翻譯	日文發音	漢字表記	中文翻譯
サ行	さかい	境	界線	さかさ	逆さ	顚倒
	さしみ	刺し身	生魚片	さむけ	寒気	發冷
	しあい	試合	比賽	しかた	仕方	方法
	しごと	仕事	工作	したぎ	下着	內衣褲
	したく	支度	準備	しばふ	芝生	草坪
	じびき	字引	字典	じょうず	上手	高明、厲害
	しょくば	職場	職場	しらが	白髪	白髮
	しるし	印	記號	すまい	住まい	居住
	すもう	相撲	相撲	せなか	背中	背

	日文發音	漢字表記	中文翻譯	日文發音	漢字表記	中文翻譯
タ行	たうえ	田植え	插秧	たたみ	畳	榻榻米
	たちば	立場	立場	たはた	田畑	田
	たより	便り	音訊	たまご	卵	蛋
	つきひ	月日	歲月	つきみ	月見	賞月
	つきよ	月夜	月夜	つくえ	机	桌子
	であい	出会い	相遇	でいり	出入り	出入
	ていれ	手入れ	保養、修理	てがみ	手紙	信
	でぐち	出口	出口	てくび	手首	手腕
	てごろ	手頃	合適	てじな	手品	魔術、騙術
	てちょう	手帳	手冊	てまえ	手前	跟前
	とけい	時計	鐘錶	とだな	戸棚	櫥櫃
	とこや	床屋	理髮廳			

日文發音	漢字表記	中文翻譯	日文發音	漢字表記	中文翻譯
なかば	半ば	一半	なかま	仲間	夥伴
なかみ	中身	內容	なふだ	名札	名牌
なまえ	名前	名字	なみき	並木	林蔭
なみだ	涙	眼淚	にがて	苦手	不擅長
にふだ	荷札	行李牌	にもつ	荷物	行李
ねあげ	値上げ	漲價	ねさげ	値下げ	降價
ねだん	値段	價格	ねぼう	寝坊	睡懶覺
のはら	野原	原野	のやま	野山	山野

（ナ行）

日文發音	漢字表記	中文翻譯	日文發音	漢字表記	中文翻譯
ばあい	場合	情況	はかせ	博士	博士
はきけ	吐き気	噁心、想吐	はたけ	畑	田、菜園
はたち	二十歳	二十歲	はなび	花火	煙火
はなみ	花見	賞花	ばめん	場面	場景
はやし	林	樹林	はやね	早寝	早睡
はんこ	判子	印章	ひかげ	日陰	陰涼處
ひざし	日差し	陽光	ひづけ	日付	日期
ひとり	一人	一個人	ひにく	皮肉	諷刺
ひので	日の出	日出	ひるま	昼間	白天
ひるね	昼寝	午睡	ひろば	広場	廣場
ふとん	布団	棉被	ふぶき	吹雪	暴風雪
ふるぎ	古着	舊衣服			

（ハ行）

	日文發音	漢字表記	中文翻譯	日文發音	漢字表記	中文翻譯
マ行	まいご	迷子	走失的孩子	まなつ	真夏	盛夏
	まふゆ	真冬	隆冬	みかた	見方	看法
	みかた	味方	我方	みずぎ	水着	泳衣
	みせや	店屋	商店	みだし	見出し	標題
	みどり	緑	綠色	みなと	港	港口
	みぶん	身分	身分	みやこ	都	首都
	みほん	見本	樣本	みまい	見舞い	慰問
	みやげ	土産	禮品	むかし	昔	以前
	むしば	虫歯	蛀牙	むすこ	息子	兒子
	むすめ	娘	女兒	めうえ	目上	長輩、上司
	めがね	眼鏡	眼鏡	めした	目下	晚輩、部下
	めだま	目玉	眼珠	めやす	目安	目標、標準
	もみじ	紅葉	楓葉	もめん	木綿	棉花、棉布

	日文發音	漢字表記	中文翻譯	日文發音	漢字表記	中文翻譯
ヤ行	やおや	八百屋	蔬果店	やくめ	役目	職責
	ゆうひ	夕日	夕陽	ゆくえ	行方	行蹤
	ゆびわ	指輪	戒指	よあけ	夜明け	黎明
	よなか	夜中	半夜	よみせ	夜店	夜市、夜間的攤子

	日文發音	漢字表記	中文翻譯
ワ行	わがみ	我が身	自己

（四）四音節名詞 MP3-04))

	日文發音	漢字表記	中文翻譯	日文發音	漢字表記	中文翻譯
ア行	あおぞら	青空	藍天	あきかん	空き缶	空罐
	あけがた	明け方	破曉	あさいち	朝市	早市
	あさめし	朝飯	早飯	あしあと	足跡	腳印
	あしおと	足音	腳步聲	あしくび	足首	腳踝
	あしもと	足元	腳下	あまがさ	雨傘	雨傘
	あまぐも	雨雲	烏雲	いえぬし	家主	屋主、房東
	いきおい	勢い	氣勢、局勢	いきもの	生き物	生物
	いけばな	生け花	插花	いごこち	居心地	（居住坐臥的）感覺
	いじわる	意地悪	壞心眼	いどころ	居所	住處
	いねむり	居眠り	瞌睡	いりぐち	入り口	入口
	うけつけ	受付	櫃台、受理	うすあじ	薄味	淡味
	うらぐち	裏口	後門	うりあげ	売上	營業額
	うりきれ	売り切れ	售完	えんだか	円高	日圓升值
	おおがた	大型	大型	おおつぶ	大粒	大顆
	おしいれ	押し入れ	壁櫥	おもいで	思い出	回憶
	おやゆび	親指	大拇指			

	日文發音	漢字表記	中文翻譯	日文發音	漢字表記	中文翻譯
カ行	かきとめ	書留	掛號信	かきとり	書き取り	抄寫
	かしだし	貸し出し	出租	かたみち	片道	單程
	かねもち	金持ち	有錢人	かみさま	神様	神

	日文發音	漢字表記	中文翻譯	日文發音	漢字表記	中文翻譯
カ行	かみのけ	髪の毛	頭髮	かわぎし	川岸	河岸、河邊
	かんづめ	缶詰	罐頭	きのどく	気の毒	可憐
	くさばな	草花	花草	くだもの	果物	水果
	くちべに	口紅	口紅	くつした	靴下	襪子
	くみあい	組合	工會	こいびと	恋人	情人
	こしかけ	腰掛け	凳子	こなゆき	粉雪	細雪
	こむぎこ	小麦粉	麵粉	ころしや	殺し屋	殺手

	日文發音	漢字表記	中文翻譯	日文發音	漢字表記	中文翻譯
サ行	さいわい	幸い	幸虧	さかいめ	境目	交界處
	さかみち	坂道	坡道	ざんだか	残高	餘額
	しあわせ	幸せ	幸福	しおあじ	塩味	鹹味、鹽味
	しおみず	塩水	鹽水	したがき	下書き	草稿
	したまち	下町	傳統工商業區	しなぎれ	品切れ	售完、賣光
	しなもの	品物	貨物	しはらい	支払い	付款
	しまぐに	島国	島國	しりあい	知り合い	相識
	しろうと	素人	外行、業餘者	しんがた	新型	新型
	すえっこ	末っ子	老么	すなはま	砂浜	沙灘
	そらいろ	空色	天藍色			

	日文發音	漢字表記	中文翻譯	日文發音	漢字表記	中文翻譯
夕行	たてまえ	建前	方針、原則	たてもの	建物	建築物
	たびびと	旅人	旅客	てあらい	手洗い	洗手間
	できごと	出来事	事件	てつだい	手伝い	幫忙
	てつづき	手続き	手續	てぶくろ	手袋	手套
	でむかえ	出迎え	迎接	とこのま	床の間	壁龕
	としうえ	年上	年長	としごろ	年頃	適齡期
	としした	年下	年輕	とのさま	殿様	老爺、大人
	ともだち	友達	朋友	どろぬま	泥沼	泥沼
	どろぼう	泥棒	小偷	どわすれ	度忘れ	一時忘記

	日文發音	漢字表記	中文翻譯	日文發音	漢字表記	中文翻譯
ナ行	ながいき	長生き	長壽	なかゆび	中指	中指
	なかよし	仲良し	親密、好朋友	にわさき	庭先	院子前
	のきした	軒下	屋簷下面	のきなみ	軒並み	成排的房子、家家戶戶
	のりかえ	乗り換え	轉乘	のりこし	乗り越し	坐過站
	ねぶそく	寝不足	睡眠不足			

	日文發音	漢字表記	中文翻譯	日文發音	漢字表記	中文翻譯
ハ行	はいいろ	灰色	灰色	はいざら	灰皿	菸灰缸
	ばかもの	馬鹿者	笨蛋	はぐるま	歯車	齒輪
	はなたば	花束	花束	はなよめ	花嫁	新娘
	ははおや	母親	母親	はみがき	歯磨き	刷牙

	日文發音	漢字表記	中文翻譯	日文發音	漢字表記	中文翻譯
ハ行	はやくち	早口	話說得快	ばんぐみ	番組	節目
	ひあたり	日当たり	日照	ひがえり	日帰り	當天往返
	ひきだし	引き出し	抽屜	ひきわけ	引き分け	不分勝負
	ひっこし	引っ越し	搬家	ひとこと	一言	一句話
	ひとごみ	人込み	人潮	ひとつぶ	一粒	一顆
	ひのいり	日の入り	日落	びんづめ	瓶詰め	瓶裝
	ふでばこ	筆箱	鉛筆盒	ふみきり	踏み切り	平交道
	ふゆふく	冬服	冬裝	ふるほん	古本	舊書
	ほんもの	本物	真貨			

	日文發音	漢字表記	中文翻譯	日文發音	漢字表記	中文翻譯
マ行	まちがい	間違い	錯誤	まちかど	街角	街角、街頭
	まどぐち	窓口	窗口	まんなか	真ん中	正中央
	みおくり	見送り	送行	みずいろ	水色	水藍色
	みちじゅん	道順	路線	みちはば	道幅	路邊
	みどころ	見所	精彩之處	みならい	見習い	見習
	むすびめ	結び目	打結的地方	むらびと	村人	村民
	めぐすり	目薬	眼藥	めざまし	目覚まし	提神
	めじるし	目印	記號	もちぬし	持ち主	所有人
	ものおき	物置	倉庫	ものおと	物音	聲響
	ものごと	物事	事物			

	日文發音	漢字表記	中文翻譯	日文發音	漢字表記	中文翻譯
ヤ行	やきとり	焼鳥	烤雞	やきにく	焼肉	烤肉
	やくわり	役割	角色	やじるし	矢印	箭頭
	やまづみ	山積み	堆積如山	やまでら	山寺	山寺
	やまもり	山盛り	盛滿	ゆうぐれ	夕暮れ	黃昏
	ゆきやま	雪山	雪山	よくあさ	翌朝	隔天早上
	よくばり	欲張り	貪婪	よこがお	横顔	側臉
	よつかど	四つ角	四個角	よのなか	世の中	世間

	日文發音	漢字表記	中文翻譯	日文發音	漢字表記	中文翻譯
ラ・ワ行	りょうがえ	両替	兌換	りょうがわ	両側	兩側
	わがくに	わが国	我國	わかもの	若者	年輕人
	わたゆき	綿雪	大雪	わりあい	割合	比例
	わりびき	割り引き	折扣	わるくち	悪口	壞話

（五）五音節名詞 MP3-05))

	日文發音	漢字表記	中文翻譯	日文發音	漢字表記	中文翻譯
ア行	あさねぼう	朝寝坊	晚起的人	いしあたま	石頭	死腦筋
	いそぎあし	急ぎ足	快步	うちあわせ	打ち合わせ	磋商
	うらおもて	裏表	正反兩面	おおどおり	大通り	大馬路
	おくりがな	送り仮名	漢字標音	おくりもの	贈り物	禮物
	おとしぬし	落とし主	失主	おとしもの	落とし物	失物
	おやふこう	親不孝	不孝			

	日文發音	漢字表記	中文翻譯	日文發音	漢字表記	中文翻譯
カ・サ・タ行	かかりいん	係員	工作人員	かきごおり	かき氷	刨冰
	かたおもい	片思い	單戀	かみぶくろ	紙袋	紙袋
	くびかざり	首飾り	項錬	こおりみず	氷水	冰水
	こなぐすり	粉薬	藥粉	さしつかえ	差し支え	妨礙
	じかんわり	時間割	時間表	すききらい	好き嫌い	好惡挑剔
	すなどけい	砂時計	沙漏	だいどころ	台所	廚房
	たからくじ	宝くじ	彩券	たからもの	宝物	寶物
	ちからもち	力持ち	有力氣	つきあたり	突き当たり	盡頭
	といあわせ	問い合わせ	詢問			

	日文發音	漢字表記	中文翻譯	日文發音	漢字表記	中文翻譯
ナ・ハ行	なかなおり	仲直り	和好	ながれぼし	流れ星	流星
	はなしあい	話し合い	商量	はなしちゅう	話し中	談話中
	ひじょうぐち	非常口	緊急出口	ひだりきき	左利き	左撇子
	ひととおり	一通り	大概	ひとどおり	人通り	行人
	ひとやすみ	一休み	休息一下	ひとりごと	独り言	自言自語
	ぼんおどり	盆踊り	盂蘭盆舞			

	日文發音	漢字表記	中文翻譯	日文發音	漢字表記	中文翻譯
マ・ヤ・ワ行	まちあわせ	待ち合わせ	碰面	まわりみち	回り道	繞路
	みなとまち	港町	港都	みのまわり	身の回り	身邊、日常
	むぎばたけ	麦畑	麥田	ものがたり	物語	故事
	やといぬし	雇い主	雇主	やまのぼり	山登り	登山
	わすれもの	忘れ物	忘了拿的東西			

（六）六音節名詞 MP3-06))

日文發音	漢字表記	中文翻譯	日文發音	漢字表記	中文翻譯
いいあらそい	言い争い	爭論	うりあげだか	売上高	營業額
おおやすうり	大安売り	大特賣	おくりむかえ	送り迎え	接送
おもてどおり	表通り	大馬路	おやこうこう	親孝行	孝順父母
かいさつぐち	改札口	剪票口	かんがえごと	考え事	心事
けつえきがた	血液型	血型	はしらどけい	柱時計	掛鐘
はたらきもの	働き者	勤勞的人	ひとさしゆび	人差し指	食指
ひとりぐらし	一人暮らし	獨自生活	ほしうらない	星占い	占星
まちあいしつ	待合室	等候室	ゆかだんぼう	床暖房	地暖爐
わらいばなし	笑い話	笑話、玩笑			

二 和語動詞

　　如果將日文的動詞做最簡易的分類，可以分為「漢語動詞」和「和語動詞」。「漢語動詞」指的就是「名詞＋する」這類的動詞。而「和語動詞」，指的是「Ⅰ類動詞」、「Ⅱ類動詞」以及「Ⅲ類動詞」中的「来る」。這些動詞的發音均為訓讀，因此無法從漢字去推測其讀音，所以必須一個一個記下來。

　　本單元將新日檢N2範圍的和語動詞先分為「Ⅰ類動詞」、「Ⅱ類動詞」二類。再依型態，以語尾音節整理，並按照五十音順序排列。相信可以幫助考生用最短的時間瞭解相關動詞。此外，考試時的備選答案通常是同型態的動詞，所以同一組的動詞請互相對照發音的異同。

　　考試時，在題目上通常不會出現漢字，因此希望不要依賴漢字去記字義，而是要確實熟記每個動詞的發音才行。雖然相關動詞不少，但若能將以下「和語動詞」記熟，新日檢N2考試等於成功了一半。所以，請好好加油吧！

　　本書動詞整理方式如下：

（一）Ⅰ類動詞 （五段動詞）	1.「～う」 2.「～く」 3.「～す」 4.「～つ」 5.「～ぶ」 6.「～む」 7.「～る」

（二）Ⅱ類動詞 （上一段・下一段動詞）	1.「～i る」	
	2.「～e る」	2.1「～える」 2.2「～ける」 2.3「～せる」 2.4「～てる」 2.5「～ねる」 2.6「～へる」 2.7「～める」 2.8「～れる」

（一）Ⅰ類動詞（五段動詞）

1.「～う」 MP3-07))

	日文發音	漢字表記	例句
ア行	あう	合う	この二ュースは事実と合わない。 這個消息與事實不符。
	あじわう	味わう	戦争の苦しみを味わったことがない。 未曾嘗過戰爭的苦。
	あらう	洗う	シャツを洗う。 洗襯衫。
	あらそう	争う	つまらない事で争うな。 不要為了無聊的事爭吵。
	いわう	祝う	成功を祝って乾杯する。 祝成功，乾杯。

	うしなう	失う	火事で家を失った。 因火災而失去了房子。
	うたがう	疑う	自分の目を疑う。 懷疑自己親眼所見。
ア行	うやまう	敬う	老人を敬う。 尊敬老人。
	うらなう	占う	将来の運勢を占う。 占卜將來的運勢。
	おう	追う	理想を追う。 追求理想。
	おぎなう	補う	長所を取り入れて短所を補う。 截長補短。

日文發音	漢字表記		例句
	かよう	通う	病院に通う。 定期上醫院。
カ・サ・タ行	さからう	逆らう	この子は親の言いつけに逆らった。 這孩子違背了父母的吩咐。
	したがう	従う	医者の勧告に従って、タバコをやめた。 遵照醫生的勸告，戒了菸。
	すう	吸う	スープを吸う。 喝湯。
	すくう	救う	溺れている子供を救った。 救了溺水的小孩。

| カ・サ・タ行 | たたかう | 戦う | 祖国のために戦った。
為祖國而戰。 |
| | ちがう | 違う | 人によって違う。
因人而異。 |

	日文發音	漢字表記	例句
ナ・ハ・マ・ヤ・ワ行	ねがう	願う	心から成功を願う。 由衷希望成功。
	はらう	払う	ここの勘定は私が払う。 這裡的帳我來付。
	ひろう	拾う	海岸で貝殻を拾う。 在海岸撿貝殼。
	まよう	迷う	どちらにしようかと迷っている。 猶豫著要哪一個。
	やとう	雇う	販売員を雇う。 僱用銷售員。
	わらう	笑う	腹を抱えて笑う。 捧腹大笑。

2.「～く」 MP3-08))

	日文發音	漢字表記	例句
ア・カ行	いだく	抱く	理想を抱いて大学に入る。 抱持理想進入大學。

	日文發音	漢字表記	例句
ア・カ行	うく	浮く	水に油が浮いている。 油浮在水上。
	おく	置く	写真を机に置く。 把照片放桌上。
	およぐ	泳ぐ	鯉が池で泳いでいる。 鯉魚在池裡游著。
	かたむく	傾く	船が20度に傾く。 船身傾斜二十度。
	かわく	乾く	洗濯物が乾いた。 洗的衣物乾了。
	きく	利く	ブレーキが利かないと危険だ。 煞車不靈的話會很危險。

	日文發音	漢字表記	例句
サ・タ行	さく	咲く	桜の花がきれいに咲いている。 櫻花漂亮地開著。
	さわぐ	騒ぐ	運動場で子供たちが騒いでいる。 孩子們在操場上玩鬧著。
	そそぐ	注ぐ	子供に愛情を注ぐ。 把愛傾注於孩子。
	つく	突く	手を突いて身を起こす。 用手撐著起身。
	つぐ	注ぐ	お茶を注ぐ。 倒茶。

	日文發音	漢字表記	例句
サ・タ行	つづく	続く	<ruby>会<rt>かい</rt></ruby><ruby>議<rt>ぎ</rt></ruby>は<ruby>深<rt>しん</rt></ruby><ruby>夜<rt>や</rt></ruby>まで<u>続</u>いた。 會議持續到深夜。
	とく	溶く	<ruby>小<rt>こ</rt></ruby><ruby>麦<rt>むぎ</rt></ruby><ruby>粉<rt>こ</rt></ruby>を<ruby>水<rt>みず</rt></ruby>で<u>溶</u>く。 用水調麵粉。
	とく	解く	<ruby>荷<rt>に</rt></ruby><ruby>物<rt>もつ</rt></ruby>を<u>解</u>いて<ruby>中<rt>なか</rt></ruby><ruby>身<rt>み</rt></ruby>を<ruby>出<rt>だ</rt></ruby>す。 解開行李拿出東西。

	日文發音	漢字表記	例句
ナ・ハ行	なく	泣く	<ruby>声<rt>こえ</rt></ruby>を<ruby>出<rt>だ</rt></ruby>して<u>泣</u>く。 出聲哭泣。
	なく	鳴く	<ruby>小<rt>こ</rt></ruby><ruby>鳥<rt>とり</rt></ruby>が<u>鳴</u>く。 鳥叫。
	ぬく	抜く	<ruby>歯<rt>は</rt></ruby>を<u>抜</u>く。 拔牙。
	はく	掃く	<ruby>部<rt>へ</rt></ruby><ruby>屋<rt>や</rt></ruby>を<u>掃</u>いてきれいにする。 把房間打掃乾淨。
	はたらく	働く	<ruby>生<rt>い</rt></ruby>きるために<u>働</u>く。 為生存而工作。
	はぶく	省く	<ruby>手<rt>て</rt></ruby><ruby>間<rt>ま</rt></ruby>を<u>省</u>く。 省略麻煩的事。
	ひく	引く	カーテンを<u>引</u>いて<ruby>日<rt>ひ</rt></ruby>をよける。 拉上窗簾遮日。
	ふく	吹く	<ruby>風<rt>かぜ</rt></ruby>がひどく<u>吹</u>いている。 風強勁地吹著。

	日文發音	漢字表記	例句
ナ・ハ行	ふせぐ	防ぐ	敵の攻撃を防ぐ。 防禦敵人的攻擊。

	日文發音	漢字表記	例句
マ・ヤ・ワ行	まく	巻く	傷口に包帯を巻く。 把繃帶纏在傷口上。
	まねく	招く	誕生日に友人を招く。 生日時招待朋友來。
	みがく	磨く	歯を磨く。 刷牙。
	むく	向く	恥ずかしくて下を向いた。 害羞地低下頭。
	やく	焼く	魚を焼く。 烤魚。
	わく	沸く	湯が沸いた。 開水滾了。

3.「～す」 MP3-09))

	日文發音	漢字表記	例句
ア行	あらわす	表す	心から感謝の意を表す。 由衷表示謝意。
	あらわす	現す	効果を現した。 出現了效果。

<table>
<tr><td rowspan="2">ア行</td><td>うつす</td><td>移す</td><td>家を移す。
搬家。</td></tr>
<tr><td>おす</td><td>押す</td><td>車を押す。
推車。</td></tr>
</table>

	日文發音	漢字表記	例句
力行	くらす	暮らす	父は田舎で暮らしている。 父親在鄉下生活。
	けす	消す	水をかけて火を消す。 灑水滅火。
	こす	越す	国境を越す。 越過國境。
	こす	超す	気温が３０度を超す。 氣溫超過三十度。
	ころす	殺す	首を絞めて殺す。 勒死。
	こわす	壊す	古い家を壊して建て直した。 拆掉舊房子重建了。

	日文發音	漢字表記	例句
サ行	さがす	探す	どんなにさがしても見つからない。
	さがす	捜す	怎麼找都找不到。
	さす	刺す	蚊に刺された。 被蚊子叮了。

	さす	指す	地図を指しながら説明する。 邊指著地圖邊說明。
サ行	さす	差す	傘を差す。 撐傘。
	しめす	示す	時計の針が 1 時を示している。 時鐘指針顯示著一點。

	日文發音	漢字表記	例句
	たおす	倒す	花瓶を倒して割ってしまった。 弄倒花瓶摔破了。
	たがやす	耕す	畑を耕す。 耕田。
タ行	ためす	試す	試験をして実力を試す。 考試測試實力。
	ちらかす	散らかす	紙くずを散らかす。 亂丟紙屑。
	てらす	照らす	月が夜道を照らす。 月光照亮夜路。

	日文發音	漢字表記	例句
ナ行	なおす	治す	病気を治す。 治病。
	なおす	直す	生徒の作文を直す。 改學生的作文。

ナ行			
	ながす	流す	悔し涙を流す。 流下懊悔的眼淚。
	ならす	鳴らす	鐘を鳴らす。 敲鐘。
	のこす	残す	机の上にメモを残す。 把留言留在桌上。
	のばす	伸ばす	彼女は髪を長くのばしている。 她把頭髮留長。
	のばす	延ばす	

	日文發音	漢字表記	例句
ハ行	はずす	外す	上着のボタンを外す。 解開外衣的扣子。
	はなす	放す	縄を解いて犬を放す。 鬆開繩子放狗。
	はなす	離す	ハンドルから手を離す。 手離開方向盤。
	ひやす	冷やす	ビールを冷蔵庫に入れて冷やす。 把啤酒放到冰箱冰。
	ふやす	増やす	椅子の数を増やす。 增加椅子的數量。
	ほす	干す	洗濯物を干す。 晾衣服。

	日文發音	漢字表記	例句
マ行	ます	増す	人口が増す。 人口增加。
	まわす	回す	ハンドルを左に回す。 把方向盤轉向左邊。
	むす	蒸す	饅頭を蒸す。 蒸包子。
	もうす	申す	私は山田と申します。 我叫山田。
	もどす	戻す	本を棚に戻す。 把書放回架上。

	日文發音	漢字表記	例句
ヤ・ワ行	ゆるす	許す	父は私が留学することを許した。 父親答應我留學。
	よごす	汚す	本を汚さないでください。 請不要把書弄髒。
	わたす	渡す	船で人を渡す。 用船讓人過河。

4.「～つ」 MP3-10))

日文發音	漢字表記	例句
うつ	打つ	タイプを打つ。 打字。

かつ	勝つ	相手に勝つ。 贏對方。
そだつ	育つ	赤ちゃんが育った。 嬰兒長大了。

5.「～ぶ」 MP3-11

	日文發音	漢字表記	例句
ア〜タ行	あそぶ	遊ぶ	トランプをして遊ぶ。 玩撲克牌。
	うかぶ	浮かぶ	雲が空に浮かぶ。 雲飄在空中。
	えらぶ	選ぶ	よい品を選ぶ。 選擇好東西。
	ころぶ	転ぶ	足を滑らせて転ぶ。 滑了一跤跌倒了。
	さけぶ	叫ぶ	大声で叫ぶ。 大叫。
	とぶ	飛ぶ	鳥が空を飛ぶ。 鳥在空中飛。

	日文發音	漢字表記	例句
ナ〜ヤ行	ならぶ	並ぶ	3人並んで歩く。 三人並肩走。

	日文發音	漢字表記	例句
ナ〜ヤ行	まなぶ	学ぶ	外国のよいところを学ぶ。 學習外國的長處。
	むすぶ	結ぶ	靴の紐を結ぶ。 綁鞋帶。
	よぶ	呼ぶ	タクシーを呼ぶ。 叫計程車。
	よろこぶ	喜ぶ	母は私の顔を見て大変喜んだ。 母親看到我的臉，非常開心。

6.「〜む」 MP3-12))

	日文發音	漢字表記	例句
ア行	あむ	編む	セーターを編む。 織毛衣。
	いたむ	痛む	傷が痛む。 傷口痛。
	おがむ	拝む	手を合わせて仏様を拝む。 雙手合十拜佛。

	日文發音	漢字表記	例句
カ行	かこむ	囲む	正しい答えを○で囲む。 把正確答案用○圈起來。
	かなしむ	悲しむ	先生の死を悲しむ。 難過老師的死。

	日文發音	漢字表記	例句
カ行	きざむ	刻む	<ruby>玉葱<rt>たまねぎ</rt></ruby>を<ruby>細<rt>こま</rt></ruby>かく<u><ruby>刻<rt>きざ</rt></ruby>む</u>。 把洋蔥剁碎。
	くむ	組む	<ruby>足<rt>あし</rt></ruby>を<u><ruby>組<rt>く</rt></ruby>んで</u><ruby>座<rt>すわ</rt></ruby>る。 盤腿而坐。
	このむ	好む	<ruby>子供<rt>こども</rt></ruby>は<ruby>甘<rt>あま</rt></ruby>いものを<u><ruby>好<rt>この</rt></ruby>む</u>。 小孩喜歡甜的東西。
	こむ	込む	<ruby>電車<rt>でんしゃ</rt></ruby>がとても<u><ruby>込<rt>こ</rt></ruby>んで</u>いる。 電車非常擁擠。

	日文發音	漢字表記	例句
サ・タ行	しずむ	沈む	<ruby>太陽<rt>たいよう</rt></ruby>が<u><ruby>沈<rt>しず</rt></ruby>む</u>。 太陽西沉。
	すすむ	進む	<ruby>研究<rt>けんきゅう</rt></ruby>が<u><ruby>進<rt>すす</rt></ruby>まない</u>。 研究沒有進展。
	すむ	済む	やっと<ruby>試験<rt>しけん</rt></ruby>が<u><ruby>済<rt>す</rt></ruby>んだ</u>。 考試終於結束了。
	たのむ	頼む	<ruby>子供<rt>こども</rt></ruby>に<ruby>用事<rt>ようじ</rt></ruby>を<u><ruby>頼<rt>たの</rt></ruby>む</u>。 拜託小孩做事。
	つつむ	包む	<ruby>傷口<rt>きずぐち</rt></ruby>を<u><ruby>包<rt>つつ</rt></ruby>む</u>。 包紮傷口。
	つむ	積む	<ruby>車<rt>くるま</rt></ruby>に<ruby>荷物<rt>にもつ</rt></ruby>を<u><ruby>積<rt>つ</rt></ruby>む</u>。 把行李堆車上。

	日文發音	漢字表記	例句
ナ～ヤ行	なやむ	悩む	人間関係で悩む。 煩惱人際關係。
	にくむ	憎む	不正を憎む。 痛恨違法行為。
	ぬすむ	盗む	金庫から現金を盗む。 從保險箱偷走現金。
	のぞむ	望む	進学を望む。 希望升學。
	はさむ	挟む	箸でおかずを挟む。 用筷子挾菜。
	ふくむ	含む	レモンにはビタミンＣが多く含まれている。 檸檬裡含有很多維他命Ｃ。
	やむ	止む	風が止んだ。 風停了。

7. 「～る」 MP3-13))

	日文發音	漢字表記	例句
ア行	あたる	当たる	石が頭に当たる。 石頭打中頭。
	いのる	祈る	ご健康を祈ります。 祝你健康。

	日文發音	漢字表記	例句
ア行	うけたまわる	承る	ご注文を承ります。 接受您的訂單。
	うつる	移る	家が郊外に移った。 房子搬到郊外。
	おくる	贈る	卒業祝いを贈る。 送畢業賀禮。
	おこる	怒る	真っ赤になって怒る。 氣得臉紅脖子粗。
	おそわる	教わる	先生に日本語を教わる。 跟老師學日文。
	おどる	踊る	バレエを踊る。 跳芭蕾。
	おる	折る	千羽鶴を折る。 摺千隻紙鶴。

	日文發音	漢字表記	例句
カ行	かざる	飾る	リボンで髪を飾る。 用緞帶裝飾頭髮。
	かたる	語る	事情を語る。 說明情況。
	くもる	曇る	午後から曇ってきた。 從下午開始轉陰。
	くわわる	加わる	スピードが加わる。 速度增加。

	日文發音	漢字表記	例句
カ行	こおる	凍る	池の水が凍った。 池水結冰。
	こまる	困る	人手が足りなくて困っている。 人手不足，很困擾。

	日文發音	漢字表記	例句
サ行	さぐる	探る	暗い廊下を探りながら歩く。 在陰暗的走廊摸索著前進。
	さわる	触る	手で触ってみる。 用手摸摸看。
	さる	去る	職場を去る。 離職。
	しめる	湿る	タバコが湿った。 香菸受潮。
	すわる	座る	お座りください。 請坐。

	日文發音	漢字表記	例句
タ行	たすかる	助かる	命が助かった。 性命獲救。
	たよる	頼る	地図に頼って山に登る。 靠地圖爬山。
	ちる	散る	花が散る。 花謝。

	日文發音	漢字表記	例句
タ行	つかまる	捕まる	警察に捕まった。 被警察捉了。
	つくる	作る	米から酒をつくる。
	つくる	造る	從米釀成酒。
	つもる	積もる	雪が50センチ積もった。 雪積了五十公分。
	てる	照る	太陽が照っている。 太陽照射著。
	とまる	泊まる	ホテルに泊まる。 住飯店。
	とる	取る	あの新聞を取ってください。 請拿一下那份報紙。
	とる	撮る	写真を撮る。 拍照。

	日文發音	漢字表記	例句
ナ行	なおる	直る	時計が直った。 時鐘修好了。
	なおる	治る	風邪が治った。 感冒好了。
	なくなる	亡くなる	社長が亡くなった。 社長過世了。
	なる	鳴る	授業のベルが鳴った。 上課鐘響了。

日文發音	漢字表記	例句
ぬる	塗る	パンにバターを<u>塗</u>る。 把奶油塗在麵包上。
のこる	残る	顔に傷あとが<u>残</u>っている。 臉上留著疤痕。
のぼる	上る	頭に血が<u>上</u>る。 腦充血。
のぼる	昇る	東の空に朝日が<u>昇</u>る。 朝陽在東邊的天空升起。
のぼる	登る	山に<u>登</u>る。 登山。
のる	乗る	飛行機に<u>乗</u>る。 搭飛機。

ナ行

日文發音	漢字表記	例句
はかる	計る	時間を<u>計</u>る。 計時。
はかる	測る	角度を<u>測</u>る。 測量角度。
ひかる	光る	夜空に星が<u>光</u>っている。 星星在夜空中發亮。
ふる	降る	雨が<u>降</u>る。 下雨。
へる	減る	体重が５キロ<u>減</u>った。 體重減少了五公斤。

ハ行

八行	ほる	掘る	井戸を掘る。 挖井。

	日文發音	漢字表記	例句
マ行	まいる	参る	明日お宅に参ります。 明天到府上拜訪。
	まがる	曲がる	右に曲がる。 右轉。
	まつる	祭る	祖先の霊を祭る。 祭拜祖靈。
	まもる	守る	法律を守る。 遵守法律。
	まわる	回る	地球が太陽の周りを回っている。 地球繞著太陽周圍轉動。
	みのる	実る	柿が実る。 柿子結果。
	もどる	戻る	自分の席に戻る。 回自己的位子。

	日文發音	漢字表記	例句
ヤ・ワ行	やぶる	破る	手紙を破る。 撕毀信件。
	よる	寄る	少し左に寄る。 稍微往左靠。

| ヤ・ワ行 | わる | 割る | ガラスを割^わる。
打破玻璃。 |
| | わたる | 渡る | 橋^{はし}を渡^{わた}る。
過橋。 |

（二）Ⅱ類動詞（上一段・下一段動詞）

1.「～ｉ る」 MP3-14))）

日文發音	漢字表記	例句
あびる	浴びる	シャワーを浴^あびる。 淋浴。
こころみる	試みる	新^{あたら}しい方法^{ほうほう}を試^{こころ}みる。 嘗試新方法。
とじる	閉じる	本^{ほん}を閉^とじなさい。 請將書闔上。
にる	似る	あの子^こは親^{おや}に似^にている。 那小孩很像父母。
みる	診る	医者^{いしゃ}に病気^{びょうき}を診^みてもらう。 請醫生看病。
もちいる	用いる	アルコールは消毒^{しょうどく}に用^{もち}いられる。 酒精用於消毒。

2.「～eる」

2.1「～える」 MP3-15))

	日文發音	漢字表記	例句
ア行	あたえる	与える	子供に愛情を<u>与える</u>。 給小孩愛。
	あまえる	甘える	子供が母親に<u>甘える</u>。 小孩跟母親撒嬌。
	うえる	植える	木を<u>植える</u>。 種樹。
	える	得る	情報を<u>得る</u>。 獲得資訊。
	おえる	終える	仕事を<u>終えて</u>から休憩しよう。 工作結束後，休息一下吧！
	おぼえる	覚える	寒さを<u>覚える</u>。 覺得冷。

	日文發音	漢字表記	例句
力行	かえる	変える	家具の位置を<u>変える</u>。 改變家具的位置。
	かえる	替える	タイヤを<u>替える</u>。 換輪胎。
	かぞえる	数える	お金を<u>数える</u>。 數錢。

	日文發音	漢字表記	例句
カ行	きえる	消える	顔<ruby>顔<rt>かお</rt></ruby>から<ruby>笑顔<rt>えがお</rt></ruby>が<ruby>消<rt>き</rt></ruby>えた。 笑容從臉上消失。
	くわえる	加える	<ruby>水<rt>みず</rt></ruby>を<ruby>加<rt>くわ</rt></ruby>える。 加水。
	こえる	超える	<ruby>気温<rt>きおん</rt></ruby>が ３５<ruby>度<rt>さんじゅうごど</rt></ruby>を<ruby>超<rt>こ</rt></ruby>えた。 氣溫超過三十五度。
	こごえる	凍える	<ruby>手足<rt>てあし</rt></ruby>が<ruby>凍<rt>こご</rt></ruby>える。 手腳凍僵。

	日文發音	漢字表記	例句
サ・タ行	ささえる	支える	<ruby>病人<rt>びょうにん</rt></ruby>を<ruby>支<rt>ささ</rt></ruby>える。 攙扶病人。
	そなえる	備える	<ruby>消火器<rt>しょうかき</rt></ruby>を<ruby>備<rt>そな</rt></ruby>える。 備有滅火器。
	つたえる	伝える	<ruby>空気<rt>くうき</rt></ruby>が<ruby>音<rt>おと</rt></ruby>を<ruby>伝<rt>つた</rt></ruby>える。 空氣傳導聲音。

	日文發音	漢字表記	例句
ハ行	はえる	生える	<ruby>歯<rt>は</rt></ruby>が<ruby>生<rt>は</rt></ruby>える。 長牙。
	ひえる	冷える	ビールがよく<ruby>冷<rt>ひ</rt></ruby>えた。 啤酒好好冰過了。
	ふえる	増える	<ruby>体重<rt>たいじゅう</rt></ruby>が<ruby>増<rt>ふ</rt></ruby>えた。 體重增加了。

| 八行 | ふるえる | 震える | こえ　ふる
声が震えている。
聲音顫抖著。 |

2.2「～ける」 MP3-16))

	日文發音	漢字表記	例句
ア・カ行	あずける	預ける	ほ いくえん　こ ども　あず 保育園に子供を預ける。 將小孩寄放在托兒所。
	うける	受ける	しゅじゅつ　う 手術を受ける。 接受手術。
	かける	欠ける	つき　か 月が欠ける。 月缺。

	日文發音	漢字表記	例句
タ行	たすける	助ける	まず　　　ひと　たす 貧しい人を助ける。 幫助貧窮的人。
	つづける	続ける	はなし　つづ 話を続けてください。 請繼續說話。
	とける	溶ける	ゆき　と 雪が溶けた。 雪溶化了。
	とける	解ける	くつ　ひも　と 靴の紐が解けた。 鞋帶解開了。
	とどける	届ける	た なか　　　　　　　　とど 田中さんにこれを届けてください。 請把這個交給田中先生。

	日文發音	漢字表記	例句
ナ行	なげる	投げる	石を投げる。 丟石頭。
	にげる	逃げる	国外に逃げる。 逃到國外。
	ぬける	抜ける	タイヤの空気が抜ける。 輪胎洩氣。

	日文發音	漢字表記	例句
マ行	まける	負ける	相手に負ける。 輸給對方。
	まげる	曲げる	膝を曲げる。 屈膝。
	むける	向ける	顔を前に向けなさい。 臉朝正面。

2.3「～せる」 MP3-17))

日文發音	漢字表記	例句
まぜる	交ぜる	白と黒を交ぜて灰色にする。 把白色和黑色混在一起做成灰色。
まぜる	混ぜる	酒に水を混ぜる。 在酒裡摻水。
まかせる	任せる	そのことは私に任せてください。 那件事請交給我。

2.4「〜てる」MP3-18

日文發音	漢字表記	例句
すてる	捨てる	ごみを捨てる。 扔掉垃圾。
そだてる	育てる	子供を育てる。 養育小孩。

2.5「〜ねる」MP3-19

日文發音	漢字表記	例句
ねる	寝る	父はぐっすり寝ている。 父親熟睡著。
たずねる	尋ねる	交番で道を尋ねる。 在派出所問路。
たずねる	訪ねる	友達が訪ねてきた。 朋友來找我。

2.6「〜へる」MP3-20

日文發音	漢字表記	例句
くらべる	比べる	今年は例年に比べて暑い。 今年比往年熱。
しらべる	調べる	言葉の意味を調べる。 查詞意。

2.7「～める」 MP3-21

	日文發音	漢字表記	例句
ア行	うめる	埋める	生<ruby>生ごみ<rt>なま</rt></ruby>を<ruby>庭<rt>にわ</rt></ruby>に<ruby>埋<rt>う</rt></ruby>める。 把廚餘埋在院子裡。
	おさめる	収める	<ruby>利益<rt>りえき</rt></ruby>を<ruby>収<rt>おさ</rt></ruby>める。 獲得利益。
	おさめる	治める	<ruby>暴動<rt>ぼうどう</rt></ruby>を<ruby>治<rt>おさ</rt></ruby>める。 鎮壓暴亂。
	おさめる	納める	<ruby>税金<rt>ぜいきん</rt></ruby>を<ruby>納<rt>おさ</rt></ruby>める。 納稅。

	日文發音	漢字表記	例句
サ行	さめる	冷める	<ruby>料理<rt>りょうり</rt></ruby>が<ruby>冷<rt>さ</rt></ruby>めた。 菜涼了。
	さめる	覚める	６<ruby>時<rt>ろくじ</rt></ruby>に<ruby>目<rt>め</rt></ruby>が<ruby>覚<rt>さ</rt></ruby>めた。 六點的時候醒了。
	しめる	占める	ベッドが<ruby>部屋<rt>へや</rt></ruby>の<ruby>大部分<rt>だいぶぶん</rt></ruby>を<ruby>占<rt>し</rt></ruby>めている。 床舖佔了大半個房間。
	しめる	閉める	<ruby>蛇口<rt>じゃぐち</rt></ruby>を<ruby>閉<rt>し</rt></ruby>める。 關水龍頭。
	すすめる	進める	<ruby>話<rt>はなし</rt></ruby>を<ruby>進<rt>すす</rt></ruby>めましょう。 繼續談下去吧！
	せめる	責める	<ruby>自分<rt>じぶん</rt></ruby>を<ruby>責<rt>せ</rt></ruby>める。 自責。

日文發音	漢字表記	例句
つとめる	努める	問題の解決に努める。 努力解決問題。
つとめる	務める	受付を務める。 擔任櫃台。
つとめる	勤める	銀行に勤めている。 任職於銀行。
つめる	詰める	バッグに荷物を詰める。 把東西塞滿背包。
とめる	止める	車を止める。 停車。

（タ行）

日文發音	漢字表記	例句
ふくめる	含める	皮肉の意を含める。 含有諷刺之意。
みとめる	認める	入学を認める。 同意入學。
もとめる	求める	職を求める。 找工作。
やめる	辞める	会社を辞める。 辭職。

（ハ・マ・ヤ行）

2.8「～れる」 MP3-22))

	日文發音	漢字表記	例句
ア行	あばれる	暴れる	子供が暴れる。 小孩大鬧。
	あらわれる	現れる	効果が現れる。 效果顯現。
	あれる	荒れる	天気が荒れる。 天氣變壞。
	おそれる	恐れる	彼は何も恐れない。 他什麼都不怕。
	おれる	折れる	台風で枝が折れた。 因為颱風，樹枝斷了。

	日文發音	漢字表記	例句
カ・サ行	かれる	枯れる	ひどい暑さで花が枯れた。 因為太熱，花枯萎了。
	くれる	暮れる	もうすぐ日が暮れる。 天就要黑了。
	こわれる	壊れる	椅子が壊れた。 椅子壞了。
	すぐれる	優れる	彼は私より優れている。 他比我優秀。

	日文發音	漢字表記	例句
タ・ナ行	たおれる	倒れる	地震で建物が倒れた。 因為地震，建築物倒了。
	つかれる	疲れる	働き過ぎで疲れた。 工作過度，很疲憊。
	つれる	連れる	犬を連れて散歩する。 帶狗散步。
	ながれる	流れる	汗が滝のように流れている。 汗像瀑布般地流著。
	なれる	慣れる	早起きに慣れる必要がある。 有必要習慣早起。

	日文發音	漢字表記	例句
ハ行	はずれる	外れる	天気予報が外れた。 氣象報告不準。
	はなれる	放れる	犬が鎖から放れた。 狗從鎖鏈逃跑了。
	はなれる	離れる	子供が親から離れて生活する。 小孩子離開父母生活。
	はれる	晴れる	空が真っ青に晴れている。 天空蔚藍晴朗。
	ふれる	触れる	前髪が額に触れてはいけない。 瀏海不可以碰到額頭。

	日文發音	漢字表記	例句
ヤ・ワ行	やぶれる	破れる	靴下が破れた。 襪子破了。
	ゆれる	揺れる	家が揺れるのを感じた。 感到房子晃動。
	よごれる	汚れる	転んで手が汚れた。 因為跌倒，手髒了。
	わすれる	忘れる	昔のことはもう忘れた。 過去的事已經忘了。
	われる	割れる	ガラスが割れた。 玻璃破了。

三　複合動詞 MP3-23))

　　過去的能力測驗每年大約會出一、二題複合動詞相關考題，出題比率並不高，所以準備時稍微略過也沒關係。但是新日檢N2的「言語知識」裡，「文字・語彙」的第三大題考的是所謂的「語形成」，也就是「複合詞」、「接尾語」之類的考題，所以相關單字的出題比率會增加。而「複合動詞」即為常見的「複合詞」之一，因此以前可以忽略這個單元，現在可不能輕忽喔！

	複合動詞	中譯	複合動詞	中譯
ア行	当てはまる	適用、合適	当てはめる	應用、套用
	言い出す	開口、說出	言いつける	吩咐、命令
	受け取る	收、領、理解	受け持つ	擔任
	打ち合わせる	商量	打ち消す	否認
	裏返す	翻過來	裏切る	背叛
	売り切れる	售完	追いかける	追趕
	追い越す	追過	追いつく	追上
	落ち着く	穩定、平靜	思い込む	深信、沉思
	思い出す	想起、聯想	思いつく	想起來

	複合動詞	中譯	複合動詞	中譯
カ行	片づく	收拾好、處理好	片づける	收拾、處理

カ行	片寄る	偏於、不公正	着替える	換衣服
	気づく	察覺、發現	気に入る	喜歡、中意
	気をつける	注意、小心	区切る	斷句、分段
	組み立てる	組裝	繰り返す	反覆
	心得る	領會、允許	腰かける	坐下
	言づける	託人帶口信、東西		

サ行	複合動詞	中譯	複合動詞	中譯
	差し上げる	舉起、贈給	差し引く	扣除、減去
	仕上がる	完成	支払う	付款
	締め切る	截止	透き通る	透明、清澈
	すれ違う	交錯、會車		

タ行	複合動詞	中譯	複合動詞	中譯
	立ち上がる	站起來、升起	立ち止まる	站住
	近づく	靠近、親近	近づける	使靠近、使親近
	近寄る	靠近、接近	付き合う	交往、來往
	突き当たる	碰上、撞上	突っ込む	衝入、刺入
	つり合う	平衡、相稱	出会う	遇見
	出かける	外出、出門	出迎える	迎接

タ行			
通りかかる	路過、經過	通り過ぎる	通過
溶け込む	融化、融洽	飛び込む	跳入、衝進
飛び出す	跳出、露出	取り上げる	拿起、奪取
取り入れる	收穫、採用	取り替える	更換、交換
取り消す	取消、收回	取り出す	拿出、挑出

ナ行	複合動詞	中譯	複合動詞	中譯
	長引く	拖延、進展緩慢	似合う	相稱、相配
	乗り換える	轉乘、調換		

ハ行	複合動詞	中譯	複合動詞	中譯
	話し合う	對話、商議	話しかける	開口說
	払い込む	繳納	払い戻す	找還、退還
	張り切る	拉緊、緊繃	引き受ける	答應、接受
	引き返す	返回	引き出す	拉出、發揮
	引き止める	制止、挽留	引っかかる	勾住、牽連、上當
	引っかける	鉤破、掛上、欺騙	ひっくり返す	顛倒、弄翻、推翻
	ひっくり返る	翻倒、倒下	引っ越す	搬家
	引っ込む	引退、縮進、退下	引っぱる	用力拉、拉攏
	振り向く	回頭、回顧	微笑む	微笑

	複合動詞	中譯	複合動詞	中譯
マ行	待ち合わせる	等候、碰面	間に合う	來得及、趕上
	見上げる	仰望、景仰	見送る	目送、送行
	見下ろす	俯視、輕視	見つかる	被發現、被找到
	見つける	發現、找到	見詰める	凝視
	見直す	重看、重新認識	見慣れる	眼熟
	見舞う	探望、慰問	目指す	以～為目標
	召し上がる	享用、吃、喝（「食べる」、「飲む」的尊敬語）	目立つ	顯眼、引人注目
	申し上げる	說（「言う」的謙讓語）	申し込む	報名、申請、提議
	持ち上げる	舉起、拿起	物語る	講述、說明

	複合動詞	中譯	複合動詞	中譯
ヤ行	役立つ	有用、有效	横切る	橫越、穿越
	呼びかける	招呼、號召、呼籲	呼び出す	叫出來、傳喚

四 形容詞

（一）イ形容詞 MP3-24))

　「イ形容詞」與「訓讀名詞」、「和語動詞」一樣，發音和漢字的字音無關，所以對華人地區的考生來說，是相當頭疼的部份。本單元同樣以音節數、五十音順序，整理了新日檢N2範圍內的「イ形容詞」。只要瞭解字義並跟著MP3音檔複誦，一定可以在極短的時間內全部記住。

1. 雙音節イ形容詞

日文發音	漢字表記	中文翻譯	日文發音	漢字表記	中文翻譯
こい	濃い	濃郁的	ない	無い	沒有

2. 三音節イ形容詞

日文發音	漢字表記	中文翻譯	日文發音	漢字表記	中文翻譯
あさい	浅い	淺的	あらい	荒い	劇烈的
うまい	旨い	好吃的、高明的	えらい	偉い	偉大的
おしい	惜しい	可惜的	かたい	硬い	堅硬的
かゆい	痒い	癢的	きつい	―	嚴苛的
きよい	清い	清澈的	くさい	臭い	臭的
くどい	―	囉唆的	けむい	煙い	嗆人的
こわい	怖い	可怕的	ずるい	―	狡猾的

つらい	辛い	難受的	にくい	憎い	可恨的
にぶい	鈍い	鈍的	ぬるい	温い	微溫的
のろい	鈍い	遲緩的	ゆるい	緩い	鬆弛的

3. 四音節イ形容詞

日文發音	漢字表記	中文翻譯	日文發音	漢字表記	中文翻譯
あぶない	危ない	危險的	あやうい	危うい	危險的
あやしい	怪しい	可疑的	いけない	－	不行的
おさない	幼い	幼小的	おもたい	重たい	沈重的
かしこい	賢い	聰明的	かなしい	悲しい	難過的
きたない	汚い	髒的	くやしい	悔しい	懊悔的
くるしい	苦しい	痛苦的	くわしい	詳しい	詳細的
けわしい	険しい	險峻的	こいしい	恋しい	眷戀的
しかくい	四角い	四方形的	したしい	親しい	親近的
しつこい	－	糾纏不清的	すっぱい	酸っぱい	酸的
するどい	鋭い	尖銳的	はげしい	激しい	激烈的
ひとしい	等しい	相等的	まずしい	貧しい	貧窮的
まぶしい	眩しい	刺眼的	みにくい	醜い	醜陋的
めでたい	－	可賀的			

4. 五音節イ形容詞

日文發音	漢字表記	中文翻譯	日文發音	漢字表記	中文翻譯
ありがたい	有難い	難得的	いさましい	勇ましい	勇敢的

うすぐらい	薄暗い	昏暗的	うつくしい	美しい	美麗的
おそろしい	恐ろしい	可怕的	おとなしい	大人しい	溫順的
おめでたい	御目出度い	可賀的	くだらない	－	無聊的
さわがしい	騒がしい	吵鬧的	しおからい	塩辛い	鹹的
すばらしい	素晴らしい	很棒的	たのもしい	頼もしい	可靠的
たまらない	堪らない	受不了的	だらしない	－	邋遢的、沒出息的
ちがいない	違いない	一定的	なつかしい	懐かしい	懷念的
にくらしい	憎らしい	可恨的	ばからしい	馬鹿らしい	愚蠢的
はずかしい	恥ずかしい	丟臉的	むしあつい	蒸し暑い	悶熱的
ものすごい	物凄い	驚人的	やかましい	喧しい	喧囂的
やわらかい	柔らかい	柔軟的			

5.六音節イ形容詞

日文發音	漢字表記	中文翻譯
あつかましい	厚かましい	厚臉皮的
あわただしい	慌しい	慌張的
うらやましい	羨ましい	羨慕的
かわいらしい	可愛らしい	可愛的
ずうずうしい	－	不要臉的
そうぞうしい	騒々しい	嘈雜的
そそっかしい	－	冒失的
ちからづよい	力強い	有力的

とんでもない	–	意想不到的
はなはだしい	甚だしい	非常的
みっともない	–	不像樣的
もったいない	勿体無い	覺得可惜的
やむをえない	止むを得ない	不得已的
わかわかしい	若々しい	有朝氣的

6. 七音節イ形容詞

日文發音	漢字表記	中文翻譯
おもいがけない	思いがけない	意想不到的
めんどうくさい	面倒くさい	麻煩透頂的
もうしわけない	申し訳ない	非常抱歉

（二）訓讀ナ形容詞 MP3-25))

　　N2範圍內的「ナ形容詞」大部分是「音讀」，但還是有少數是以「訓讀」發音的。在本章的最後，除了「イ形容詞」以外，順便複習一下相關的「訓讀ナ形容詞」吧！

日文發音	漢字表記	中文翻譯	日文發音	漢字表記	中文翻譯
あきらか	明らか	明亮的	あらた	新た	新的
しずか	静か	安靜的	たいら	平ら	平的
なごやか	和やか	和睦的	ゆたか	豊か	豐富的

五 副詞 MP3-26))

　　新日檢N2範圍內的副詞非常多，在有限的時間內，要一個一個全部記起來，幾乎是不可能的。所幸，相較於動詞或形容詞，副詞出題數少，且多有一定的模式。本章根據過去的出題模式，整理了四類常見、且容易混淆的副詞，讓讀者能在最短的時間內，進行最精華的複習。

（一）「～て」型

日文	中譯	日文	中譯	日文	中譯
改（あらた）めて	重新	かえって	反而	すべて	一切
せめて	起碼	そうして	然後	たいして	沒什麼
初（はじ）めて	第一次	果（は）たして	果然		

（二）「～と」型

日文	中譯	日文	中譯	日文	中譯
うんと	使勁地	きちんと	規規矩矩地、整整齊齊地	さっさと	迅速地
ざっと	粗略地	しいんと	靜悄悄	じっと	動也不動地
すっと	飛快地	ずっと	一直	せっせと	拚命地
そっと	悄悄地	ちゃんと	確實地、好好地	どっと	哄堂
やっと	好不容易	わざと	刻意地		

（三）「AっBり」型

日文	中譯	日文	中譯	日文	中譯
うっかり	不留神	がっかり	灰心喪氣	ぎっしり	滿滿地
ぐっすり	熟睡貌	こっそり	偷偷地	さっぱり	精光、一點也（不）
しっかり	牢牢地	すっかり	完全	すっきり	舒暢地
そっくり	一模一樣	たっぷり	足夠地	にっこり	微笑貌
はっきり	明確地	ばったり	突然倒下	ぴったり	準確地
びっくり	驚訝貌	めっきり	急遽地	やっぱり	還是
ゆっくり	慢慢地				

（四）「ABAB」型

日文	中譯	日文	中譯	日文	中譯
いきいき	栩栩如生	いちいち	一個一個	いよいよ	終於
うろうろ	徘徊	おのおの	各自	くれぐれ	衷心地
しばしば	屢次	しみじみ	深切地	せいぜい	充其量
ぞくぞく	打冷顫	そろそろ	就要	たびたび	再三
ちゃくちゃく	一步步	つぎつぎ	接連不斷	とうとう	到底
ときどき	有時	どきどき	撲通撲通	ところどころ	到處
どんどん	不斷地	なかなか	相當地	にこにこ	笑咪咪
のろのろ	慢吞吞	はきはき	有精神	ぴかぴか	亮晶晶
ひろびろ	寬廣地	ぶつぶつ	嘀咕	ふわふわ	輕飄飄、鬆軟

べつべつ	各別	まあまあ	還好	まごまご	磨蹭
ますます	越發	めいめい	各自	もともと	原本
ゆうゆう	從容不迫				

六　外來語 MP3-27))

　　每一年的「文字‧語彙」考題中，外來語最多出現2～3題。有些讀者也許覺得，既然只有幾題而已，就不認真準備。但是，N2考試就是在為這一、二分搏鬥，不是嗎？外來語多與常用的英文單字有關，非常好記，只要跟著MP3音檔多朗誦幾次，一定沒問題！

（一）雙音節外來語

日文	中譯	日文	中譯	日文	中譯	日文	中譯
ガス	瓦斯	デモ	示威	トン	噸	ノー	不
パス	通過	プロ	專業	ベル	鐘	メモ	筆記

（二）三音節外來語

日文	中譯	日文	中譯	日文	中譯
アウト	出局	イエス	是	ウール	羊毛
オフィス	辦公室	カード	卡片	カーブ	轉彎
カラー	色彩	クラブ	課外活動	グラフ	圖表
ケース	場合	ゲーム	遊戲	コース	課程
コード	電線、密碼	コピー	影印	サイン	暗號、簽名
ショップ	商店	スター	明星	タイヤ	輪胎
ダンス	舞蹈	チーム	團隊	チャンス	機會
テーマ	主題	テンポ	拍子	トップ	頂尖

ドラマ	連續劇	ドレス	禮服	ニュース	新聞
バック	背後	ビデオ	錄影機	プラス	正號、加號
プラン	計畫	フリー	自由	ベンチ	長椅
ホーム	家庭	メニュー	菜單	モデル	模型、模特兒
リズム	節奏	リボン	緞帶	レジャー	休閒
レベル	水準	レンズ	鏡頭	ロビー	大廳

（三）四音節外來語

日文	中譯	日文	中譯	日文	中譯
アイデア	想法	アンテナ	天線	イコール	等於
イメージ	印象	エンジン	引擎	カロリー	卡路里
キャンパス	校園	グランド	運動場	グループ	團體
コーラス	合唱團	サークル	社團	サービス	服務
サイレン	警笛	サンプル	樣本	シーズン	旺季、季節
シャッター	快門	シリーズ	系列	スイッチ	開關
スクール	學校	スタート	開始	ステージ	舞台
ストップ	停止	スピード	速度	スポーツ	體育
スマート	苗條	テキスト	課本	ドライブ	兜風
トンネル	隧道	ナイロン	尼龍	ナンバー	號碼
パーティー	宴會	バランス	平衡	ハンサム	英俊
ハンドル	方向盤	ピストル	手槍	ビタミン	維他命
プリント	印刷品	ブレーキ	煞車	ベテラン	資深人員
ボーナス	獎金	ポスター	海報	マイナス	負數

マンション	公寓大廈	メーター	公尺、測量器	メンバー	成員
モーター	馬達	ユーモア	幽默	リットル	公升
レポート	報告	ロッカー	鎖櫃		

（四）五音節外來語

日文	中譯	日文	中譯
アクセント	重音	インタビュー	訪問
エチケット	禮節	エネルギー	能源
クラシック	古典樂	コレクション	收藏品
コンクール	藝文比賽	コンサート	音樂會
コンセント	插座	スケジュール	行程
スピーカー	喇叭	パーセント	百分比
パイロット	機師	パスポート	護照
ビルディング	大樓	プレゼント	禮物
プログラム	節目、程式	マーケット	市場

（五）六音節外來語

日文	中譯	日文	中譯
アクセサリー	飾品	アナウンサー	播報員
オーケストラ	樂團	コンピューター	電腦
サラリーマン	上班族	ジャーナリスト	記者
トレーニング	練習、鍛鍊	プラスチック	塑膠
ラッシュアワー	尖峰時段		

（六）七音節外來語

日文	中譯	日文	中譯
オートメーション	自動化	コミュニケーション	溝通
プラットホーム	月台	レクリエーション	娛樂、消遣

七　接續詞 MP3-28

　　接續詞置於二個句子中間，功能是表示二個句子的關係。考接續詞的題目，要先從前後兩句的句義來判斷要選擇哪個接續詞。此外，也因為接續詞用來表示前後二句的關係，所以如果了解接續詞自身的功能，就算原本只了解句義的50%，此時也可以藉由中間的接續詞來推測大致上的意思，通常可以幫助您對句子的了解從50%提升到70%。由此可見接續詞的重要，就請好好記熟吧！

功能	中文表達	接續詞
並列	然後	そして、それから、且つ、並びに
選擇	或者	または、あるいは、それとも（僅用於問句）
順接	因為～所以～	それで、だから（ですから）、従って、故に、それ故
逆接	雖然～但是～ 儘管～還是～	でも、それでも、だが、だけど（ですけど）、けれど、けれども、しかし、それなのに
逆轉	結果卻～	ところが
發現	一～就～	すると
契機	於是就～	そこで
添加	而且	その上、しかも、それに、また
提醒	但是	ただし
補充	不過	なお、もっとも
換言	也就是	つまり、すなわち、要するに
轉換話題	對了、那麼	ところで、さて
結尾	就這樣	こうして、このようにして

新日檢N2言語知識

（文字‧語彙‧文法）全攻略

第二單元

文字‧語彙（下）

——音讀漢字篇

　　第二單元「文字‧語彙（下）——音讀漢字篇」分成二部份，幫助讀者平日背誦以及考前總複習。

　　第一部份為「漢詞字義」，依照國人學習習慣，將漢詞整理為（一）似懂非懂的漢詞，以及（二）一定不懂的漢詞，讓考生事半功倍，迅速掌握這些語彙的意義和發音。

　　第二部份為「音讀漢語」，用整理和比較方式，讓考生分辨「同字不同發音」、「同音不同意義」之漢語，讓考試輕鬆過關。

一　漢詞字義

　　漢字的考試可分二大類，一類考發音、一類考詞意。考生準備時，總以為漢詞就等於中文，所以幾乎都把重點放在發音上。但卻忽略了有許多漢詞的意思，和中文是不一樣（例如「深刻<ruby>しんこく</ruby>」→「嚴重」）、甚至是相反的（例如「留守<ruby>るす</ruby>」→「不在」），以及有許多漢詞是中文裡沒有的（例如「退屈<ruby>たいくつ</ruby>」、「大切<ruby>たいせつ</ruby>」等）。因此，建議各位讀者，在漢字的準備上，一定不要漏過這一環。

　　教學時，我常半開玩笑的跟同學說，動詞可以分三類，但漢詞卻可分四類，第一類「一看就懂」、第二類「大致上懂」、第三類「似懂非懂」、第四類「一定不懂」。所謂的「一看就懂」的漢詞，指的是此漢詞的意義中日相同，也就是中日共用的漢詞（例如「意義<ruby>いぎ</ruby>」＝「意義」、「地球<ruby>ちきゅう</ruby>」＝「地球」）。而「大致上懂」的漢詞，指的是此漢詞雖然現代中文裡沒有，但身為華人，大致可以了解它的意思（例如「学科<ruby>がっか</ruby>」→「科系」）。

　　「似懂非懂」的漢詞，指的就是該漢詞雖然中日共用，但中文的意思和日文的意思並不一樣，所以看似了解，但其實不懂，上述的「深刻<ruby>しんこく</ruby>」、「留守<ruby>るす</ruby>」即為其例，而這自然就是學習者要掌握的重點之一。最後，「一定不懂」的漢詞，指的就是現在中文裡不存在、或是極不常使用的漢詞。就像上面提到的「退屈<ruby>たいくつ</ruby>」、「大切<ruby>たいせつ</ruby>」，既然中文裡沒有，當然就無法判別它的意思，所以是學習時的另一個重點。

　　本單元網羅了新日檢N2範圍裡「似懂非懂的漢詞」（中日異義漢詞）以及「一定不懂的漢詞」（中文沒有的漢詞），相信一定能給學習者最大的幫助。此外，有些詞彙在古漢語裡其實是存在的，例如唐朝時「演員」即稱為「俳優」。但若非中文系所的學生，並不了解。因此是否為中日共有的漢詞，時間上是以現代中文來界定。而本書讀者以台灣地區為主，所以地域性上，則是以台灣地區的國語為主，因此港澳、大陸地區的讀者也請留意。

（一）似懂非懂的漢詞 MP3-29))

	漢語	中譯	漢語	中譯	漢語	中譯
ア行	暗記 あん き	背誦	一応 いちおう	大略、姑且	一度 いち ど	一次
	依頼 い らい	委託	右折 う せつ	右轉	運転 うんてん	開車
	演習 えんしゅう	課堂練習、 演習				

	漢語	中譯	漢語	中譯	漢語	中譯
カ行	家内 か ない	內人、妻子	会計 かいけい	算帳	会合 かいごう	聚會、集會
	階段 かいだん	樓梯	覚悟 かく ご	有心裡準備	看病 かんびょう	照顧病人
	急行 きゅうこう	快車	急用 きゅうよう	急事	行事 ぎょう じ	例行活動
	苦情 く じょう	抱怨	下水 げ すい	污水	結構 けっこう	好、可以

	漢語	中譯	漢語	中譯	漢語	中譯
サ行	祭日 さいじつ	國定假日	差別 さ べつ	歧視	作法 さ ほう	禮節
	事情 じ じょう	情況、緣故	始末 し まつ	收拾、解決	十分 じゅうぶん	足夠
	収容 しゅうよう	容納	純粋 じゅんすい	純真	賞金 しょうきん	獎金
	丈夫 じょう ぶ	穩固、結實	深刻 しんこく	嚴重	親友 しんゆう	摯友
	線路 せん ろ	軌道	速達 そくたつ	限時專送、 快遞		

	漢語	中譯	漢語	中譯	漢語	中譯
夕行	脱線 だっせん	電車出軌	単位 たんい	學分	担当 たんとう	擔任
	知人 ちじん	友人	調子 ちょうし	狀況	頂上 ちょうじょう	山頂
	天井 てんじょう	天花板	灯台 とうだい	燈塔	得意 とくい	拿手
	特急 とっきゅう	特快車				

	漢語	中譯	漢語	中譯	漢語	中譯
ナ行	人形 にんぎょう	人偶	熱湯 ねっとう	熱開水	年中 ねんじゅう	一整年

	漢語	中譯	漢語	中譯	漢語	中譯
八行	非常 ひじょう	緊急、非常	必死 ひっし	拚命地	皮肉 ひにく	諷刺
	無事 ぶじ	平安	風船 ふうせん	氣球	噴火 ふんか	火山爆發
	勉強 べんきょう	讀書、學習	放送 ほうそう	廣播、傳送	本店 ほんてん	總店

	漢語	中譯	漢語	中譯	漢語	中譯
マ行	夢中 むちゅう	熱衷、沈迷	無理 むり	勉強、不可能	無料 むりょう	免費
	迷惑 めいわく	困擾	毛布 もうふ	毛毯	模様 もよう	花紋、樣子
	文句 もんく	抱怨				

	漢語	中譯	漢語	中譯	漢語	中譯
ヤ行	約束 やくそく	約定	有料 ゆうりょう	需付費	用心 ようじん	小心

ラ行	漢語	中譯	漢語	中譯
	りょけん 旅券	護照	る す 留守	不在

（二）一定不懂的漢詞 MP3-30))

ア行	漢語	中譯	漢語	中譯	漢語	中譯
	あんい 安易	簡單、輕鬆	いこう 以降	以後	いっしょ 一緒	一起
	いんそつ 引率	率領	えんとつ 煙突	煙囪	おうさま 王様	國王
	おうじょ 王女	公主	おうせつ 応接	接待	おくじょう 屋上	屋頂

力行	漢語	中譯	漢語	中譯	漢語	中譯
	かおく 家屋	房屋	かいさつ 改札	剪票	がいしょう 外相	外交部長
	かくべつ 格別	特別、格外	かけつ 可決	（提案）通過	かつじ 活字	鉛字、印刷字
	かっこう 格好	外表、姿態	かんしん 感心	佩服	きげん 機嫌	心情
	きせい 帰省	返鄉	きっぷ 切符	票	きふ 寄付	捐贈
	きみ 気味	樣子、傾向	きよう 器用	靈巧、聰明	きゅうきょく 究極	最終、畢竟
	きゅうげき 急激	急遽	きゅうこう 休講	停課	きゅうりょう 給料	薪水
	きょうしゅく 恐縮	惶恐、對不起	きょうみ 興味	感興趣	きらく 気楽	輕鬆、安樂
	きんにく 筋肉	肌肉	げしゅく 下宿	下榻、住宿	げた 下駄	木屐
	げひん 下品	低級	けはい 気配	跡象、神情	けんとう 見当	頭緒、方向
	ごういん 強引	強行、硬幹	こうか 硬貨	硬幣	こうばん 交番	派出所

	漢語	中譯	漢語	中譯	漢語	中譯
サ行	さいふ 財布	錢包	ざんぎょう 残業	加班	ざんねん 残念	遺憾
	しきゅう 支給	支付	じさん 持参	帶來（去）	しだい 次第	順序、經過
	じまん 自慢	自豪	じみ 地味	樸素	じゅうたい 重体	重傷、病危
	じゅうやく 重役	重任、董事	しゅくじつ 祝日	國定假日	しゅっちょう 出張	出差
	じゅんちょう 順調	順利	じゅんばん 順番	輪流	しょさい 書斎	書房
	しょもつ 書物	書籍	しょるい 書類	文件	じょゆう 女優	女演員
	しょうがい 障害	障礙	しょうち 承知	同意、知道	しょうひん 賞品	獎品
	しょうみ 正味	實質、內容	じょうぎ 定規	尺規、標準	しょくたく 食卓	餐桌
	しんけん 真剣	認真	しんぱい 心配	擔心	しんるい 親類	親戚
	しんろ 針路	航向、 前進方向	すいそ 水素	氫	せいしょ 清書	謄寫
	せいと 生徒	學生	せっけん 石鹸	肥皂	せっとく 説得	說服、勸導
	せわ 世話	照顧、關照	そうい 相違	差異、不同	そうおん 騒音	噪音
	そうりょう 送料	運費	そくざ 即座	立即、當場	そまつ 粗末	粗糙

	漢語	中譯	漢語	中譯	漢語	中譯
タ行	たいいん 退院	出院	たいくつ 退屈	無聊	たいせつ 大切	重要
	たいぼく 大木	大樹	だいく 大工	木工	だいぶ 大分	大部分
	だいほん 台本	腳本	たぶん 多分	大概	だんかい 段階	階段
	だんち 団地	社區、住宅區	ちじ 知事	縣市長	ちょくご 直後	緊接著

夕行						
	つうか 通貨	貨幣	つうちょう 通帳	存摺	つごう 都合	狀況
	てきちゅう 的中	擊中、猜中	でんちゅう 電柱	電線桿	とうなん 盜難	失竊
	とうばん 当番	值班	どうかく 同格	同等資格、 等級相同	ど だい 土台	地基、基礎

十行	漢語	中譯	漢語	中譯	漢語	中譯
	なっとく 納得	理解、同意	にち じ 日時	日期時間	にっ か 日課	每日要做 的工作
	にっちゅう 日中	中日、白天	にゅうしょう 入賞	得獎	にょうぼう 女房	妻子

八行	漢語	中譯	漢語	中譯	漢語	中譯
	はいじゅ 拜受	接受（謙）	はいしゃく 拜借	借（謙）	はいたつ 配達	寄送、投遞
	はいゆう 俳優	演員	ば か 馬鹿	笨蛋	は へん 破片	碎片
	はん じ 判事	法官	ばんぐみ 番組	節目	ばん ち 番地	門牌號碼
	ひょう し 表紙	封面	びんせん 便箋	信紙	ふうとう 封筒	信封
	ふ うん 不運	倒楣	ふ きょう 不況	不景氣	ふ だん 普段	平常
	ぶっそう 物騷	動盪不安、 危險	ふ とん 布団	棉被	ぶ ひん 部品	零件
	へい き 平気	不在意	べっそう 別荘	別墅	べんじょ 便所	廁所
	ほうがく 方角	方位、角度	ほうたい 包帯	繃帶	ほうぼう 方々	到處
	ほんきょく 本局	總局	ほんとう 本当	真正、真實	ほん ぶ 本部	總部

マ行	漢語	中譯	漢語	中譯	漢語	中譯
	<ruby>無地<rt>むじ</rt></ruby>	沒有花紋、素色	<ruby>無駄<rt>むだ</rt></ruby>	白費、浪費	<ruby>名刺<rt>めいし</rt></ruby>	名片
	<ruby>面倒<rt>めんどう</rt></ruby>	麻煩				

ヤ行	漢語	中譯	漢語	中譯	漢語	中譯
	<ruby>役者<rt>やくしゃ</rt></ruby>	演員	<ruby>役所<rt>やくしょ</rt></ruby>	政府機關	<ruby>役人<rt>やくにん</rt></ruby>	官員
	<ruby>役割<rt>やくわり</rt></ruby>	任務、角色	<ruby>野党<rt>やとう</rt></ruby>	在野黨	<ruby>油断<rt>ゆだん</rt></ruby>	疏忽大意
	<ruby>用意<rt>ようい</rt></ruby>	準備	<ruby>用事<rt>ようじ</rt></ruby>	事情	<ruby>要約<rt>ようやく</rt></ruby>	摘要
	<ruby>余計<rt>よけい</rt></ruby>	多餘、更加	<ruby>与党<rt>よとう</rt></ruby>	執政黨	<ruby>余分<rt>よぶん</rt></ruby>	多餘、格外

ラ行	漢語	中譯	漢語	中譯	漢語	中譯
	<ruby>落第<rt>らくだい</rt></ruby>	落榜、留級	<ruby>利口<rt>りこう</rt></ruby>	聰明伶俐	<ruby>冷房<rt>れいぼう</rt></ruby>	冷氣

二 音讀漢語

　　音讀的漢語，是華人地區的考生較佔優勢的部份。不過還是要小心分辨清濁音、長短音、促音的有無。此外，某些漢字的發音不只一種，例如「作者（さく）」、「作家（さっか）」、「作業（さぎょう）」三個詞中「作」的發音各不相同，而「食物（しょくもつ）」、「植物（しょくぶつ）」二詞的「物」的發音更是有更大的差異，這都是要注意的地方。準備時請跟著MP3音檔複誦，請記住，只要可以唸得正確，考試時就一定能選出正確答案。此外，單字表中有「＿＿」的部份為同音字，也請小心！

（一）漢字一字 MP3-31))

ア行	あ	愛（あい）				
	い	意（い）<u>胃（い）</u>				
	う	運（うん）				
	え	絵（え）円（えん）				
	お	王（おう）億（おく）音（おん）				

カ行	か	可（か）回（かい）害（がい）額（がく）缶（かん）							
	き	気（き）客（きゃく）逆（ぎゃく）<u>旧（きゅう）球（きゅう）</u><u>局（きょく）曲（きょく）</u><u>金（きん）銀（ぎん）</u>							
	く	訓（くん）軍（ぐん）							
	け	計（けい）劇（げき）<u>券（けん）県（けん）</u>							
	こ	語（ご）							

サ行	さ	差^さ 際^{さい} 札^{さつ}
	し	死^し 市^し 字^じ 式^{しき} 質^{しつ} 章^{しょう} 賞^{しょう}
	す	数^{すう}
	せ	生^{せい} 正^{せい} 姓^{せい} 性^{せい} 税^{ぜい} 席^{せき} 線^{せん}
	そ	象^{ぞう} 像^{ぞう} 損^{そん}

タ行	た	対^{たい} 大^{だい} 台^{だい} 題^{だい} 段^{だん}
	ち	地^ち 茶^{ちゃ} 中^{ちゅう} 注^{ちゅう}
	て	点^{てん}
	と	都^と 度^ど 党^{とう} 塔^{とう} 銅^{どう} 毒^{どく}

ナ行	に	肉^{にく}
	ね	熱^{ねつ}
	の	能^{のう}

ハ行	は	灰^{はい} 倍^{ばい} 半^{はん} 晩^{ばん} 番^{ばん}
	ひ	美^び 秒^{びょう} 品^{ひん} 便^{びん}
	ふ	部^ぶ 服^{ふく} 分^{ふん} 文^{ぶん}
	へ	別^{べつ} 辺^{へん} 変^{へん} 便^{べん}
	ほ	方^{ほう} 法^{ほう} 棒^{ぼう} 本^{ほん}

マ行	む	無 _む
	め	面 _{めん}
	も	門 _{もん}

| ラ行 | り | 量
_{りょう} |
| | れ | 礼　例　零　列
_{れい}　_{れい}　_{れい}　_{れつ} |

| ワ行 | わ | 湾
_{わん} |

（二）二字漢詞

1. ア行 MP3-32

あ	あい	愛情 _{あいじょう}
	あく	握手　悪魔 _{あくしゅ}　_{あくま}
	あっ	圧縮 _{あっしゅく}
	あん	安易　暗記　安心　安全　安定 _{あんい}　_{あんき}　_{あんしん}　_{あんぜん}　_{あんてい}

| い | い | 医院　委員　以下　以外　意外　医学　意義　意見　以後
以降　医師　意志　意思　維持　意識　医者　衣装　以上
異性　以前　偉大　位置　緯度　移動　移転　以内　違反 |

い		衣服 <small>いふく</small>	意味 <small>いみ</small>	以来 <small>いらい</small>	依頼 <small>いらい</small>	医療 <small>いりょう</small>		
	いく	育児 <small>いくじ</small>	育成 <small>いくせい</small>					
	いち	一応 <small>いちおう</small>	一時 <small>いちじ</small>	一度 <small>いちど</small>	一部 <small>いちぶ</small>	一流 <small>いちりゅう</small>		
	いっ	一家 <small>いっか</small>	一種 <small>いっしゅ</small>	一瞬 <small>いっしゅん</small>	一緒 <small>いっしょ</small>	一生 <small>いっしょう</small>	一体 <small>いったい</small>	一旦 <small>いったん</small>	一致 <small>いっち</small>	一定 <small>いってい</small>
		一般 <small>いっぱん</small>	一方 <small>いっぽう</small>					
	いん	印刷 <small>いんさつ</small>	飲酒 <small>いんしゅ</small>	印象 <small>いんしょう</small>	引率 <small>いんそつ</small>	引退 <small>いんたい</small>	引用 <small>いんよう</small>	引力 <small>いんりょく</small>	

う	**う**	右折 <small>うせつ</small>	宇宙 <small>うちゅう</small>	有無 <small>うむ</small>	雨量 <small>うりょう</small>
	うん	運河 <small>うんが</small>	運転 <small>うんてん</small>	運動 <small>うんどう</small>	

え	**え**	絵本 <small>えほん</small>							
	えい	永遠 <small>えいえん</small>	映画 <small>えいが</small>	永久 <small>えいきゅう</small>	営業 <small>えいぎょう</small>	英語 <small>えいご</small>	衛生 <small>えいせい</small>	映像 <small>えいぞう</small>	英文 <small>えいぶん</small>	栄養 <small>えいよう</small>
		英和 <small>えいわ</small>							
	えき	液体 <small>えきたい</small>							
	えん	延期 <small>えんき</small>	演技 <small>えんぎ</small>	園芸 <small>えんげい</small>	演劇 <small>えんげき</small>	円周 <small>えんしゅう</small>	演習 <small>えんしゅう</small>	援助 <small>えんじょ</small>	演説 <small>えんぜつ</small>	演奏 <small>えんそう</small>
		遠足 <small>えんそく</small>	延長 <small>えんちょう</small>	煙突 <small>えんとつ</small>	鉛筆 <small>えんぴつ</small>	遠慮 <small>えんりょ</small>			

お	**お**	汚染 <small>おせん</small>							
	おう	王様 <small>おうさま</small>	王子 <small>おうじ</small>	王女 <small>おうじょ</small>	欧州 <small>おうしゅう</small>	応接 <small>おうせつ</small>	応対 <small>おうたい</small>	横断 <small>おうだん</small>	往復 <small>おうふく</small>	欧米 <small>おうべい</small>
		応用 <small>おうよう</small>							

お	おく	屋上	屋外	屋内			
	おん	音楽	温室	温泉	温帯	温暖	温度

2. カ行 MP3-33

か	か	家屋	価格	化学	科学	家具	可決	加減	過去
		下降	火口	火災	火山	菓子	火事	家事	過失	果実
		歌手	過剰	課税	下線	加速	家族	課題	価値
		家庭	過程	課程	家内	可能	科目	加熱	花瓶	貨物
		歌謡							
	が	画家							
	かい	会員	絵画	開会	海外	会館	海岸	会議	会計	解決
		会合	改札	解散	開始	会社	解釈	会場	回数	
		改正	快晴	解説	改善	改造	階段	開通	快適	回転
		回答	解答	開封	回復	開放	解放	海洋	会話	
	がい	外交	外国	外出	外相	外部	概論		
	かく	覚悟	各自	確実	各地	角度	確認	格別	確率
	がく	学者	学習	学術	学生	学年	学部	学問	学力	学歴
	かつ	活字	活動	活躍	活用	活力			
	かっ	活気	格好	各国	活発				
	がっ	学科	学会	学期	楽器	学級	学校	合宿	

か	**かん**	<ruby>間隔<rt>かんかく</rt></ruby>	<ruby>感覚<rt>かんかく</rt></ruby>	<ruby>換気<rt>かんき</rt></ruby>	<ruby>観客<rt>かんきゃく</rt></ruby>	<ruby>環境<rt>かんきょう</rt></ruby>	<ruby>関係<rt>かんけい</rt></ruby>	<ruby>歓迎<rt>かんげい</rt></ruby>	<ruby>感激<rt>かんげき</rt></ruby>	<ruby>観光<rt>かんこう</rt></ruby>
		<ruby>関西<rt>かんさい</rt></ruby>	<ruby>観察<rt>かんさつ</rt></ruby>	<ruby>漢字<rt>かんじ</rt></ruby>	<ruby>感謝<rt>かんしゃ</rt></ruby>	<ruby>患者<rt>かんじゃ</rt></ruby>	<ruby>感情<rt>かんじょう</rt></ruby>	<ruby>感心<rt>かんしん</rt></ruby>	<ruby>関心<rt>かんしん</rt></ruby>	<ruby>完成<rt>かんせい</rt></ruby>
		<ruby>間接<rt>かんせつ</rt></ruby>	<ruby>完全<rt>かんぜん</rt></ruby>	<ruby>感想<rt>かんそう</rt></ruby>	<ruby>乾燥<rt>かんそう</rt></ruby>	<ruby>観測<rt>かんそく</rt></ruby>	<ruby>寒帯<rt>かんたい</rt></ruby>	<ruby>簡単<rt>かんたん</rt></ruby>	<ruby>官庁<rt>かんちょう</rt></ruby>	<ruby>関東<rt>かんとう</rt></ruby>
		<ruby>感動<rt>かんどう</rt></ruby>	<ruby>観念<rt>かんねん</rt></ruby>	<ruby>乾杯<rt>かんぱい</rt></ruby>	<ruby>看板<rt>かんばん</rt></ruby>	<ruby>看病<rt>かんびょう</rt></ruby>	<ruby>管理<rt>かんり</rt></ruby>	<ruby>完了<rt>かんりょう</rt></ruby>	<ruby>関連<rt>かんれん</rt></ruby>	<ruby>漢和<rt>かんわ</rt></ruby>
	がん	<ruby>元日<rt>がんじつ</rt></ruby>	<ruby>岩石<rt>がんせき</rt></ruby>							

き	**き**	<ruby>気圧<rt>きあつ</rt></ruby>	<ruby>記憶<rt>きおく</rt></ruby>	<ruby>気温<rt>きおん</rt></ruby>	<ruby>器械<rt>きかい</rt></ruby>	<ruby>機会<rt>きかい</rt></ruby>	<ruby>機械<rt>きかい</rt></ruby>	<ruby>期間<rt>きかん</rt></ruby>	<ruby>機関<rt>きかん</rt></ruby>	<ruby>企業<rt>きぎょう</rt></ruby>
		<ruby>器具<rt>きぐ</rt></ruby>	<ruby>喜劇<rt>きげき</rt></ruby>	<ruby>危険<rt>きけん</rt></ruby>	<ruby>期限<rt>きげん</rt></ruby>	<ruby>機嫌<rt>きげん</rt></ruby>	<ruby>気候<rt>きこう</rt></ruby>	<ruby>記号<rt>きごう</rt></ruby>	<ruby>帰国<rt>きこく</rt></ruby>	<ruby>記事<rt>きじ</rt></ruby>
		<ruby>汽車<rt>きしゃ</rt></ruby>	<ruby>記者<rt>きしゃ</rt></ruby>	<ruby>記述<rt>きじゅつ</rt></ruby>	<ruby>基準<rt>きじゅん</rt></ruby>	<ruby>気象<rt>きしょう</rt></ruby>	<ruby>起床<rt>きしょう</rt></ruby>	<ruby>規制<rt>きせい</rt></ruby>	<ruby>帰省<rt>きせい</rt></ruby>	<ruby>季節<rt>きせつ</rt></ruby>
		<ruby>規則<rt>きそく</rt></ruby>	<ruby>気体<rt>きたい</rt></ruby>	<ruby>期待<rt>きたい</rt></ruby>	<ruby>帰宅<rt>きたく</rt></ruby>	<ruby>貴重<rt>きちょう</rt></ruby>	<ruby>記入<rt>きにゅう</rt></ruby>	<ruby>記念<rt>きねん</rt></ruby>	<ruby>機能<rt>きのう</rt></ruby>	<ruby>寄付<rt>きふ</rt></ruby>
		<ruby>気分<rt>きぶん</rt></ruby>	<ruby>規模<rt>きぼ</rt></ruby>	<ruby>希望<rt>きぼう</rt></ruby>	<ruby>基本<rt>きほん</rt></ruby>	<ruby>気味<rt>きみ</rt></ruby>	<ruby>器用<rt>きよう</rt></ruby>	<ruby>気楽<rt>きらく</rt></ruby>	<ruby>規律<rt>きりつ</rt></ruby>	<ruby>気流<rt>きりゅう</rt></ruby>
		<ruby>気力<rt>きりょく</rt></ruby>	<ruby>記録<rt>きろく</rt></ruby>							
	ぎ	<ruby>議員<rt>ぎいん</rt></ruby>	<ruby>議会<rt>ぎかい</rt></ruby>	<ruby>技師<rt>ぎし</rt></ruby>	<ruby>儀式<rt>ぎしき</rt></ruby>	<ruby>技術<rt>ぎじゅつ</rt></ruby>	<ruby>議長<rt>ぎちょう</rt></ruby>	<ruby>義務<rt>ぎむ</rt></ruby>	<ruby>疑問<rt>ぎもん</rt></ruby>	<ruby>議論<rt>ぎろん</rt></ruby>
	きつ	<ruby>喫煙<rt>きつえん</rt></ruby>								
	きっ	<ruby>切符<rt>きっぷ</rt></ruby>								
	きゃく	<ruby>客席<rt>きゃくせき</rt></ruby>								
	ぎゃく	<ruby>逆転<rt>ぎゃくてん</rt></ruby>								
	きゃっ	<ruby>客観<rt>きゃっかん</rt></ruby>								
	きゅう	<ruby>休暇<rt>きゅうか</rt></ruby>	<ruby>休業<rt>きゅうぎょう</rt></ruby>	<ruby>究極<rt>きゅうきょく</rt></ruby>	<ruby>休憩<rt>きゅうけい</rt></ruby>	<ruby>急激<rt>きゅうげき</rt></ruby>	<ruby>休講<rt>きゅうこう</rt></ruby>	<ruby>急行<rt>きゅうこう</rt></ruby>	<ruby>九州<rt>きゅうしゅう</rt></ruby>	<ruby>吸収<rt>きゅうしゅう</rt></ruby>
		<ruby>救助<rt>きゅうじょ</rt></ruby>	<ruby>求職<rt>きゅうしょく</rt></ruby>	<ruby>求人<rt>きゅうじん</rt></ruby>	<ruby>休息<rt>きゅうそく</rt></ruby>	<ruby>急速<rt>きゅうそく</rt></ruby>	<ruby>給与<rt>きゅうよ</rt></ruby>	<ruby>休養<rt>きゅうよう</rt></ruby>	<ruby>急用<rt>きゅうよう</rt></ruby>	<ruby>給料<rt>きゅうりょう</rt></ruby>

ぎゅう	ぎゅうにく 牛肉	ぎゅうにゅう 牛乳						
きょ	きょか 許可	きょだい 巨大	きょねん 去年					
ぎょ	ぎょぎょう 漁業	ぎょせん 漁船						
きょう	きょういく 教育	きょういん 教員	きょうか 強化	きょうかい 教会	きょうかい 境界	きょうぎ 競技	きょうきゅう 供給	きょうし 教師	きょうしつ 教室

き

	きょうじゃく 強弱	きょうじゅ 教授	きょうしゅく 恐縮	きょうそう 競争	きょうだい 兄弟	きょうちょう 強調	きょうつう 共通	きょうと 京都	きょうどう 共同
	きょうふ 恐怖	きょうみ 興味	きょうよう 教養	きょうりょく 強力	きょうりょく 協力				
ぎょう	ぎょうじ 行事	ぎょうれつ 行列							
きょく	きょくせん 曲線								
きん	きんえん 禁煙	きんがく 金額	きんぎょ 金魚	きんこ 金庫	きんし 禁止	きんじょ 近所	きんせん 金銭	きんぞく 金属	きんだい 近代
	きんにく 筋肉	きんゆう 金融							
ぎん	ぎんこう 銀行								

く

く	くいき 区域	くじょう 苦情	くしん 苦心	くつう 苦痛	くふう 工夫	くぶん 区分	くべつ 区別	くろう 苦労
くう	くうかん 空間	くうき 空気	くうこう 空港	くうそう 空想	くうちゅう 空中			
ぐう	ぐうすう 偶数	ぐうぜん 偶然						
くん	くんれん 訓練							
ぐん	ぐんたい 軍隊							

け

け	けしき 景色	けしょう 化粧	けはい 気配				
げ	げか 外科	げしゃ 下車	げしゅく 下宿	げじゅん 下旬	げすい 下水	げた 下駄	げひん 下品

け

けい
敬意	経緯	経営	計画	警官	景気	経験	傾向	警告
敬語	経済	警察	計算	刑事	掲示	形式	継続	軽率
経度	競馬	警備	契約	経由				

げい
芸術	芸能

げき
劇場

けつ
血圧	血液	結論

げつ
月末	月曜

けっ
結果	欠陥	結局	結構	結婚	決心	欠席	決定	欠点

げっ
月給

けん
見解	見学	研究	検査	研修	建設	建築	県庁
見当	検討	見物	憲法	権利			

げん
原因	限界	玄関	元気	現金	言語	原稿	現在	原産
原始	現実	現象	現状	現代	限度	現場	原理	原料

こ

こ
呼吸	個人	固体	古典

ご
誤解	語学	午後	娯楽

こう
工員	幸運	交易	公園	公演	講演	高価	効果	硬貨
後悔	航海	公害	郊外	交換	後期	講義	高級	公共
工業	航空	光景	工芸	孝行	高校	広告	交差	交際
工作	講師	工事	公式	口実	校舎	後者	公衆	工場

こ		香水 こうすい	公正 こうせい	構成 こうせい	功績 こうせき	光線 こうせん	高層 こうそう	構造 こうぞう	高速 こうそく	交替 こうたい
		耕地 こうち	紅茶 こうちゃ	校庭 こうてい	肯定 こうてい	交通 こうつう	高度 こうど	高等 こうとう	行動 こうどう	講堂 こうどう
		後輩 こうはい	交番 こうばん	公表 こうひょう	鉱物 こうぶつ	幸福 こうふく	公平 こうへい	候補 こうほ	公務 こうむ	項目 こうもく
		校門 こうもん	紅葉 こうよう	交流 こうりゅう	考慮 こうりょ	効力 こうりょく	高齢 こうれい			
	ごう	強引 ごういん	合格 ごうかく	合計 ごうけい	強盗 ごうとう	合同 ごうどう	合理 ごうり	合流 ごうりゅう		
	こく	国語 こくご	国際 こくさい	国籍 こくせき	黒板 こくばん	国民 こくみん	国立 こくりつ			
	こっ	国家 こっか	国会 こっかい	国境 こっきょう	骨折 こっせつ					
	こん	今回 こんかい	今後 こんご	混合 こんごう	混雑 こんざつ	昆虫 こんちゅう	今度 こんど	今日 こんにち	困難 こんなん	今晩 こんばん
		婚約 こんやく	混乱 こんらん							

3. サ行 MP3-34

さ	**さ**	作業 さぎょう	砂糖 さとう	砂漠 さばく	差別 さべつ	作法 さほう	左右 さゆう	作用 さよう		
	ざ	座席 ざせき								
	さい	最近 さいきん	最後 さいご	最高 さいこう	再婚 さいこん	再三 さいさん	祭日 さいじつ	最終 さいしゅう	最初 さいしょ	最中 さいちゅう
		最低 さいてい	採点 さいてん	才能 さいのう	裁判 さいばん	財布 さいふ	採用 さいよう			
	ざい	在学 ざいがく	財産 ざいさん	材木 ざいもく	材料 ざいりょう					
	さく	昨日 さくじつ	作者 さくしゃ	作成 さくせい	作製 さくせい	作戦 さくせん	咋晩 さくばん	作品 さくひん	作文 さくぶん	作物 さくもつ
	さっ	作家 さっか	作曲 さっきょく							
	ざつ	雑音 ざつおん								

さ									
ざっ	ざっし 雑誌								
さん	さんか 参加	さんかく 三角	さんぎょう 産業	さんこう 参考	さんしょう 参照	さんすう 算数	さんせい 賛成	さんち 産地	さんぽ 散歩
	さんりん 山林								
ざん	ざんぎょう 残業	ざんねん 残念							

し									
し	しいく 飼育	しかく 四角	しかく 資格	しき 四季	しきゅう 支給	しきゅう 至急	しけん 試験	しげき 刺激	しげん 資源
	しこう 思考	しじ 指示	しじゅう 始終	ししゅつ 支出	しじょう 市場	しせい 姿勢	しぜん 自然	しそう 思想	しそん 子孫
	したい 死体	しだい 次第	してい 指定	してん 支店	しどう 指導	しはい 支配	しへい 紙幣	しほん 資本	しぼう 死亡
	しみん 市民	しまい 姉妹	しまつ 始末	しよう 使用	しりつ 私立	しりょう 資料			
じ	じいん 寺院	じえい 自衛	じかん 時間	じき 時期	じけん 事件	じこ 事故	じこく 時刻	じさつ 自殺	じさん 持参
	じじつ 事実	じしゃく 磁石	じしゅう 自習	じしょく 辞職	じしょ 辞書	じじょう 事情	じしん 自身	じしん 自信	じしん 地震
	じそく 時速	じたい 事態	じだい 時代	じたく 自宅	じち 自治	じてん 辞典	じどう 児童	じどう 自動	じにん 辞任
	じばん 地盤	じぶん 自分	じまん 自慢	じみ 地味	じむ 事務	じめん 地面	じゆう 自由	じりつ 自立	
しき	しきさい 色彩								
しつ	しつぎょう 失業	しつど 湿度	しつない 室内	しつぼう 失望	しつもん 質問	しつれい 失礼	しつれん 失恋		
じつ	じつげん 実現	じつぶつ 実物	じつよう 実用	じつりょく 実力	じつれい 実例				
しっ	しっけ 湿気	しっぱい 失敗							
じっ	じっかん 実感	じっけん 実験	じっこう 実行	じっさい 実際	じっし 実施	じっしゅう 実習	じっせき 実績		
しゃ	しゃかい 社会	しゃこ 車庫	しゃしょう 車掌	しゃしん 写真	しゃせい 写生	しゃせつ 社説	しゃたく 社宅	しゃりん 車輪	
じゃく	じゃくてん 弱点								

し

しゃっ	しゃっきん 借金							
しゅ	しゅぎ 主義	しゅご 主語	しゅじゅつ 手術	しゅしょう 首相	しゅじん 主人	しゅだい 主題	しゅだん 手段	しゅちょう 主張	しゅと 首都
	しゅのう 首脳	しゅび 守備	しゅふ 主婦	しゅみ 趣味	しゅやく 主役	しゅよう 主要	しゅるい 種類		
じゅ	じゅぎょう 授業	じゅけん 受験	じゅみょう 寿命	じゅもく 樹木					
しゅう	しゅうい 周囲	しゅうかい 集会	しゅうかく 収穫	しゅうかん 習慣	しゅうかん 週刊	しゅうき 周期	しゅうきょう 宗教	しゅうきん 集金	しゅうごう 集合
	しゅうじ 習字	しゅうしょく 就職	しゅうだん 集団	しゅうちゅう 集中	しゅうてん 終点	しゅうにん 就任	しゅうにゅう 収入	しゅうへん 周辺	しゅうまつ 週末
	しゅうよう 収容	しゅうり 修理	しゅうりょう 終了	しゅうろく 収録					
じゅう	じゅうきょ 住居	じゅうし 重視	じゅうしょ 住所	じゅうたい 重体	じゅうだい 重大	じゅうたく 住宅	じゅうてん 重点	じゅうぶん 十分	じゅうみん 住民
	じゅうやく 重役	じゅうよう 重要	じゅうりょう 重量	じゅうりょく 重力					
しゅく	しゅくじつ 祝日	しゅくしゃ 宿舎	しゅくしょう 縮小	しゅくだい 宿題	しゅくはく 宿泊				
しゅつ	しゅつえん 出演	しゅつじょう 出場							
しゅっ	しゅっきん 出勤	しゅっしん 出身	しゅっせき 出席	しゅっちょう 出張	しゅっぱつ 出発	しゅっぱん 出版			
じゅん	じゅんじゅん 順々	じゅんじょ 順序	じゅんじょう 純情	じゅんすい 純粋	じゅんちょう 順調	じゅんばん 順番	じゅんび 準備		
しょ	しょきゅう 初級	しょさい 書斎	しょじゅん 初旬	しょせき 書籍	しょてん 書店	しょどう 書道	しょばつ 処罰	しょほ 初歩	しょめい 署名
	しょもつ 書物	しょり 処理	しょるい 書類						
じょ	じょおう 女王	じょがい 除外	じょし 女子	じょし 助詞	じょしゅ 助手	じょせい 女性	じょゆう 女優		
しょう	しょうか 消化	しょうかい 紹介	しょうがい 障害	しょうがつ 正月	しょうぎょう 商業	しょうきん 賞金	しょうご 正午	しょうじき 正直	しょうしゃ 商社
	しょうじょ 少女	しょうしょう 少々	しょうすう 小数	しょうすう 少数	しょうせつ 小説	しょうたい 招待	しょうち 承知	しょうてん 商店	しょうてん 焦点
	しょうどく 消毒	しょうにん 商人	しょうにん 承認	しょうねん 少年	しょうはい 勝敗	しょうばい 商売	しょうひ 消費	しょうひん 商品	しょうひん 賞品
	しょうぶ 勝負	しょうぼう 消防	しょうみ 正味	しょうみ 賞味	しょうめい 照明	しょうめん 正面	しょうもう 消耗	しょうゆ 醤油	しょうらい 将来

し

	勝利 しょうり	省略 しょうりゃく						

じょう

蒸気 じょうき	定規 じょうぎ	乗客 じょうきゃく	上級 じょうきゅう	状況 じょうきょう	上下 じょうげ	条件 じょうけん	常識 じょうしき	乗車 じょうしゃ
上旬 じょうじゅん	上手 じょうず	状態 じょうたい	上達 じょうたつ	冗談 じょうだん	上等 じょうとう	蒸発 じょうはつ	上品 じょうひん	丈夫 じょうぶ
情報 じょうほう	条約 じょうやく	上陸 じょうりく						

しょく

食塩 しょくえん	職業 しょくぎょう	食事 しょくじ	食卓 しょくたく	食堂 しょくどう	食品 しょくひん	植物 しょくぶつ	食物 しょくもつ	食欲 しょくよく
食料 しょくりょう								

しょっ

触覚 しょっかく	食器 しょっき

しん

進学 しんがく	真空 しんくう	神経 しんけい	真剣 しんけん	信仰 しんこう	信号 しんごう	深刻 しんこく	診察 しんさつ	進出 しんしゅつ
心身 しんしん	申請 しんせい	親戚 しんせき	親切 しんせつ	新鮮 しんせん	心臓 しんぞう	身体 しんたい	寝台 しんだい	
身長 しんちょう	慎重 しんちょう	侵入 しんにゅう	心配 しんぱい	審判 しんぱん	新聞 しんぶん	進歩 しんぽ	深夜 しんや	親友 しんゆう
信用 しんよう	信頼 しんらい	心理 しんり	診療 しんりょう	森林 しんりん	親類 しんるい	針路 しんろ	進路 しんろ	神話 しんわ

じん

人工 じんこう	人口 じんこう	人事 じんじ	神社 じんじゃ	人種 じんしゅ	人生 じんせい	人造 じんぞう	人物 じんぶつ	人文 じんぶん
人命 じんめい	人類 じんるい							

す

ず

図鑑 ずかん	図形 ずけい	頭痛 ずつう	頭脳 ずのう	図表 ずひょう	図面 ずめん

すい

水泳 すいえい	水産 すいさん	水準 すいじゅん	水素 すいそ	垂直 すいちょく	水滴 すいてき	水筒 すいとう	水道 すいどう	水分 すいぶん
水平 すいへい	睡眠 すいみん	水面 すいめん						

すう

数学 すうがく	数字 すうじ	数日 すうじつ

せ

せ

世界 せかい	世間 せけん	世話 せわ

ぜ	ぜひ 是非								
せい	せいかい 正解	せいかく 正確	せいかく 性格	せいかつ 生活	せいき 世紀	せいきゅう 請求	せいけつ 清潔	せいげん 制限	せいこう 成功
	せいさく 製作	せいさく 制作	せいさく 政策	せいさん 生産	せいじ 政治	せいしき 正式	せいしつ 性質	せいしょ 清書	せいじょう 正常
	せいしん 精神	せいじん 成人	せいせき 成績	せいそう 清掃	せいぞう 製造	せいぞん 生存	せいちょう 成長	せいてつ 製鉄	せいてん 晴天
	せいと 生徒	せいとう 政党	せいど 制度	せいねん 青年	せいのう 性能	せいひん 製品	せいふ 政府	せいぶつ 生物	せいぶん 成分
	せいべつ 性別	せいめい 生命	せいもん 正門	せいよう 西洋	せいり 整理	せいり 生理	せいりつ 成立	せいれき 西暦	
ぜい	ぜいかん 税関	ぜいきん 税金							
せき	せきたん 石炭	せきどう 赤道	せきにん 責任	せきゆ 石油					
せつ	せつび 設備	せつめい 説明	せつやく 節約						
せっ	せっきょく 積極	せっきん 接近	せっけい 設計	せっけん 石鹼	せっしょく 接触	せっち 設置	せっとく 説得		
ぜつ	ぜつめつ 絶滅								
ぜっ	ぜったい 絶対								
せん	せんこう 専攻	せんざい 洗剤	せんしゅ 選手	せんじつ 先日	せんせい 先生	せんせい 専制	せんぞ 先祖	せんそう 戦争	
	せんたく 洗濯	せんたく 選択	せんたん 先端	せんでん 宣伝	せんとう 先頭	せんぱい 先輩	せんばつ 選抜	せんめん 洗面	せんもん 専門
	せんろ 線路								
ぜん	ぜんいん 全員	ぜんご 前後	ぜんこく 全国	ぜんしゃ 前者	ぜんしゅう 全集	ぜんしん 全身	ぜんしん 前進	ぜんぜん 全然	ぜんたい 全体
	ぜんぱん 全般	ぜんぶ 全部	ぜんりょく 全力						

（せ）

そ	そしき 組織	そせん 祖先	そふ 祖父	そぼ 祖母	そまつ 粗末			
そう	そうい 相違	そうおん 騒音	そうげん 草原	そうこ 倉庫	そうご 相互	そうさ 操作	そうじ 掃除	そうしき 葬式

（そ）

		そうぞう 想像	そうぞう 創造	そうぞく 相続	そうだん 相談	そうち 装置	そうちょう 早朝	そうとう 相当	そうべつ 送別	そうりょう 送料
そ	**ぞう**	ぞうか 増加	ぞうげん 増減	ぞうせん 造船	ぞうだい 増大	ぞうり 草履				
	そく	そくざ 即座	そくたつ 速達	そくてい 測定	そくど 速度	そくりょう 測量				
	そつ	そつぎょう 卒業								
	そっ	そっせん 率先	そっちょく 率直							
	そん	そんがい 損害	そんけい 尊敬	そんざい 存在	そんとく 損得	そんちょう 尊重				

4. タ行 MP3-35))

	た	たしょう 多少	たにん 他人	たぶん 多分						
	たい	たいいく 体育	たいいん 退院	たいおん 体温	たいかい 大会	たいがく 退学	たいき 大気	たいくつ 退屈	たいけい 体系	たいこ 太鼓
		たいざい 滞在	たいさく 対策	たいし 大使	たいじゅう 体重	たいしょう 対象	たいしょう 対照	たいしょく 退職	たいせい 体制	たいせき 体積
		たいせつ 大切	たいせん 大戦	たいそう 体操	たいはん 大半	たいふう 台風	たいへん 大変	たいほ 逮捕	たいぼく 大木	たいよう 太陽
		たいりく 大陸	たいりつ 対立	たいりょく 体力	たいわん 台湾					
た	**だい**	だいいち 第一	だいがく 大学	だいく 大工	だいじ 大事	だいしょう 大小	だいじん 大臣	だいたい 大体	だいひょう 代表	だいぶ 大分
		だいほん 台本	だいめい 題名	だいり 代理						
	だっ	だっせん 脱線								
	たん	たんい 単位	たんき 短期	たんご 単語	たんこう 炭鉱	たんしょ 短所	たんじゅん 単純	たんすう 単数	たんじょう 誕生	たんとう 担当
		たんぺん 短編								
	だん	だんかい 段階	だんし 男子	だんじょ 男女	だんすい 断水	だんせい 男性	だんたい 団体	だんち 団地	だんてい 断定	だんぼう 暖房

ち	ち い 地位	ち いき 地域	ち え 知恵	ち か 地下	ち きゅう 地球	ち く 地区	ち こく 遅刻	ち じ 知事	ち しき 知識
	ち しつ 地質	ち じん 知人	ち ず 地図	ち たい 地帯	ち てん 地点	ち のう 知能	ち ほう 地方	ち めい 地名	ち り 地理
	ち りょう 治療								
ちゃ	ちゃいろ 茶色	ちゃわん 茶碗							
ちゃく	ちゃくせき 着席	ちゃくりく 着陸							
ちゅう	ちゅう い 注意	ちゅうおう 中央	ちゅうかん 中間	ちゅうきゅう 中級	ちゅう こ 中古	ちゅう し 中止	ちゅうしゃ 注射	ちゅうしゃ 駐車	ちゅうじゅん 中旬
	ちゅうしょう 抽象	ちゅうしょく 昼食	ちゅうしん 中心	ちゅうせい 中世	ちゅうせい 中性	ちゅう と 中途	ちゅうねん 中年	ちゅうもく 注目	ちゅうもん 注文
ちょ	ちょきん 貯金	ちょしゃ 著者	ちょぞう 貯蔵						
ちょう	ちょう か 超過	ちょうかん 朝刊	ちょう き 長期	ちょう さ 調査	ちょうこく 彫刻	ちょう し 調子	ちょうしょ 長所	ちょうじょ 長女	ちょうじょう 頂上
	ちょうしょく 朝食	ちょうせい 調整	ちょうせつ 調節	ちょうたん 長短	ちょうてん 頂点	ちょうなん 長男	ちょうふく 重複	ちょう り 調理	ちょうれい 朝礼
ちょく	ちょく ご 直後	ちょくせつ 直接	ちょくせん 直線	ちょくぜん 直前	ちょくつう 直通	ちょくりゅう 直流			
ちょっ	ちょっかく 直角	ちょっけい 直径							

つ	つ ごう 都合								
つい	つい か 追加								
つう	つう か 通過	つう か 通貨	つうがく 通学	つうきん 通勤	つうこう 通行	つうしん 通信	つう ち 通知	つうちょう 通帳	つうやく 通訳
	つうよう 通用	つう ろ 通路							

で	で し 弟子								
てい	ていあん 提案	ていいん 定員	てい か 定価	てい か 低下	てい き 定期	てい し 停止	ていしゃ 停車	ていでん 停電	てい ど 程度

て	**てき**	てきかく 的確	てきせつ 適切	てきちゅう 的中	てき ど 適度	てきとう 適当	てきよう 適用		
	てつ	てつどう 鉄道	てつ や 徹夜						
	てっ	てっきょう 鉄橋	てってい 徹底	てっぽう 鉄砲					
	てん	てんいん 店員	てんかい 展開	てん き 天気	てんけい 典型	てんこう 天候	てんじょう 天井	てんすう 点数	てんてん 点々	てんてん 転々
		てんねん 天然							
	でん	でんき 伝記	でん き 電気	でんきゅう 電球	でん し 電子	でんしゃ 電車	でんせん 伝染	でんせん 電線	でん ち 電池	でんちゅう 電柱
		でんとう 伝統	でんとう 電灯	でん ぱ 電波	でんぽう 電報	でんりゅう 電流	でんりょく 電力	でん わ 電話		

と	**と**	と かい 都会	と けい 時計	と ざん 登山	と し 都市	と しん 都心	と たん 途端	と ち 土地	と ちゅう 途中
	ど	ど だい 土台	ど ぼく 土木	ど りょく 努力					
	とう	とうあん 答案	とうきょう 東京	とうけい 統計	とうざい 東西	とう じ 当時	とうしょ 投書	とうじょう 登場	とうじつ 当日	とうだい 灯台
		とうちゃく 到着	とうなん 盗難	とうばん 当番	とうひょう 投票	とう ぶ 頭部	とうぶん 等分	とうほく 東北	とう ゆ 灯油	とうよう 東洋
		とうろく 登録							
	どう	どういつ 同一	どうかく 同格	どう ぐ 道具	どう さ 動作	どう し 動詞	どう じ 同時	どうせい 同性	どうとく 道徳	どうぶつ 動物
		どうよう 同様	どうよう 童謡	どうりょう 同僚	どう ろ 道路	どう わ 童話			
	とく	とく い 得意	とくしゅ 特殊	とくしょく 特色	とくちょう 特徴	とくてい 特定	とくばい 特売	とくべつ 特別	とくゆう 特有	
	どく	どくしょ 読書	どくしん 独身	どくとく 独特	どくりつ 独立				
	とつ	とつぜん 突然							
	とっ	とっきゅう 特級	とっきゅう 特急						

5. ナ行 MP3-36))

な	ない	ないか 内科	ないせん 内線	ないぶ 内部	ないよう 内容		
	なっ	なっとく 納得					
	なん	なんきょく 南極	なんべい 南米	なんぼく 南北			

に	に	にほん 日本					
	にく	にくしょく 肉食					
	にち	にちじ 日時	にちじょう 日常	にちや 日夜	にちよう 日曜		
	にっ	にっか 日課	にっき 日記	にっこう 日光	にっちゅう 日中	にってい 日程	にっぽん 日本
	にゅう	にゅういん 入院	にゅうがく 入学	にゅうしゃ 入社	にゅうしょう 入賞	にゅうじょう 入場	にゅうよく 入浴
	にょう	にょうぼう 女房					
	にん	にんき 人気	にんぎょう 人形	にんげん 人間	にんしき 認識	にんずう 人数	

ね	ねっ	ねっしん 熱心	ねったい 熱帯	ねっちゅう 熱中	ねっとう 熱湯		
	ねん	ねんかん 年間	ねんげつ 年月	ねんじゅう 年中	ねんだい 年代	ねんど 年度	ねんれい 年齢

の	のう	のうか 農家	のうぎょう 農業	のうそん 農村	のうど 濃度	のうみん 農民	のうやく 農薬	のうりょく 能力	のうりつ 能率

6. ハ行 MP3-37))

は									
は	破産 はさん	破片 はへん							
ば	馬鹿 ばか								
はい	拝見 はいけん	拝受 はいじゅ	拝借 はいしゃく	配達 はいたつ	拝読 はいどく	敗北 はいぼく	俳優 はいゆう		
ばい	梅雨 ばいう	売店 ばいてん	売買 ばいばい						
はく	拍手 はくしゅ								
ばく	爆発 ばくはつ								
はつ	発育 はついく	発音 はつおん	発電 はつでん	発売 はつばい	発明 はつめい				
はっ	発刊 はっかん	発揮 はっき	発見 はっけん	発行 はっこう	<u>発車</u> はっしゃ	<u>発射</u> はっしゃ	発想 はっそう	発達 はったつ	発展 はってん
	発表 はっぴょう								
ばつ	抜群 ばつぐん								
はん	反映 はんえい	半径 はんけい	反抗 はんこう	犯罪 はんざい	判事 はんじ	反省 はんせい	反対 はんたい	判断 はんだん	半島 はんとう
	犯人 はんにん	販売 はんばい	半分 はんぶん						
ばん	番組 ばんぐみ	番号 ばんごう	万歳 ばんざい	番地 ばんち					

ひ									
ひ	被害 ひがい	比較 ひかく	悲劇 ひげき	非常 ひじょう	否定 ひてい	非難 ひなん	皮肉 ひにく	批判 ひはん	皮膚 ひふ
	費用 ひよう								
び	微笑 びしょう	美人 びじん	美容 びよう						
ひつ	必然 ひつぜん	必要 ひつよう							
ひっ	筆記 ひっき	必死 ひっし	筆者 ひっしゃ						

ひ

ひょう：ひょうげん 表現　ひょうし 表紙　ひょうしき 標識　ひょうじゅん 標準　ひょうじょう 表情　ひょうてき 標的　ひょうばん 評判　ひょうめん 表面　ひょうろん 評論

びょう：びょういん 病院　びょうき 病気　びょうどう 平等

びん：びんせん 便箋

ふ

ふ：ふあん 不安　ふうん 不運　ふか 不可　ふきゅう 普及　ふきょう 不況　ふきん 付近　ふけつ 不潔　ふこう 不幸　ふごう 符号
ふさい 夫妻　ふじん 夫人　ふじん 婦人　ふせい 不正　ふそく 不足　ふぞく 付属　ふだん 普段　ふつう 不通　ふつう 普通
ふとん 布団　ふへい 不平　ふべん 不便　ふぼ 父母　ふまん 不満　ふり 不利

ぶ：ぶき 武器　ぶし 武士　ぶじ 無事　ぶしゅ 部首　ぶたい 舞台　ぶひん 部品　ぶぶん 部分

ふう：ふうけい 風景　ふうせん 風船　ふうとう 封筒　ふうふ 夫婦

ふく：ふくぎょう 副業　ふくざつ 複雑　ふくし 福祉　ふくし 副詞　ふくしゃ 複写　ふくしゅう 復習　ふくすう 複数　ふくそう 服装

ふっ：ふっとう 沸騰

ぶつ：ぶつり 物理

ぶっ：ぶっか 物価　ぶっきょう 仏教　ぶっし 物資　ぶっしつ 物質　ぶっそう 物騒

ふん：ふんか 噴火

ぶん：ぶんか 文化　ぶんかい 分解　ぶんがく 文学　ぶんけん 文献　ぶんげい 文芸　ぶんしょう 文章　ぶんすう 分数　ぶんせき 分析　ぶんたい 文体
ぶんぷ 分布　ぶんぽう 文法　ぶんみゃく 文脈　ぶんめい 文明　ぶんや 分野　ぶんりょう 分量　ぶんるい 分類

へ

へい：へいかい 閉会　へいき 平気　へいきん 平均　へいこう 平行　へいじつ 平日　へいたい 兵隊　へいぼん 平凡　へいや 平野　へいわ 平和

べつ：べつべつ 別々

べっ：べっそう 別荘

へ	へん	変化	変更	返事	編集			
	べん	勉強	便所	便利				

ほ	ほ	補足	保存	歩道					
	ぼ	募集							
	ほう	方角	方言	方向	報告	方針	宝石	包装　放送	法則
		包帯	豊富	方法	方々	方面	訪問	法律	
	ぼう	貿易	冒険	防止	帽子	防犯	暴力		
	ほく	北部							
	ぼく	牧畜							
	ほっ	北極							
	ほん	本局	本日	本店	本当	本人	本部	本来	

7. マ行 MP3-38))

ま	まい	枚数	毎度		
	まっ	末期	末端		
	まん	万一	満員	満足	満点

み	み	未知	身分	未満	未来

み	みょう	名字 みょうじ	明日 みょうにち						
	みん	民間 みんかん	民主 みんしゅ	民族 みんぞく	民俗 みんぞく	民謡 みんよう			

む	む	無限 むげん	無効 むこう	無視 むし	無地 むじ	無数 むすう	無駄 むだ	夢中 むちゅう	無理 むり	無料 むりょう

め	めい	明確 めいかく	名作 めいさく	名刺 めいし	名詞 めいし	名所 めいしょ	名人 めいじん	迷信 めいしん	名物 めいぶつ	名門 めいもん
		命令 めいれい	迷惑 めいわく							
	めん	面積 めんせき	面接 めんせつ	面倒 めんどう						

も	も	模型 もけい	文字 もじ	木綿 もめん	模様 もよう	
	もう	毛布 もうふ				
	もく	木材 もくざい	目次 もくじ	木造 もくぞう	目的 もくてき	目標 もくひょう
	もん	文句 もんく	門限 もんげん	問題 もんだい	問答 もんどう	

8. ヤ行 MP3-39))

や	や	夜間 やかん	野球 やきゅう	夜行 やこう	野菜 やさい	野党 やとう	
	やく	役者 やくしゃ	役所 やくしょ	約束 やくそく	役人 やくにん	薬品 やくひん	役割 やくわり
	やっ	薬局 やっきょく					

ゆ	**ゆ**	ゆかい 愉快	ゆけつ 輸血	ゆしゅつ 輸出	ゆそう 輸送	ゆだん 油断	にゅう 輸入		
	ゆう	ゆうかん 夕刊	ゆうき 勇気	ゆうこう <u>友好</u>	ゆうこう <u>有効</u>	ゆうしゅう 優秀	ゆうしょう 優勝	ゆうじょう 友情	ゆうじん 友人	ゆうせん 優先
		ゆうそう 郵送	ゆうのう 有能	ゆうびん 郵便	ゆうめい 有名	ゆうり 有利	ゆうりょう 有料		

ゆ	**ゆ**	ゆかい 愉快	ゆけつ 輸血	ゆしゅつ 輸出	ゆそう 輸送	ゆだん 油断	にゅう 輸入			
	ゆう	ゆうかん 夕刊	ゆうき 勇気	ゆうこう <u>友好</u>	ゆうこう <u>有効</u>	ゆうしゅう 優秀	ゆうしょう 優勝	ゆうじょう 友情	ゆうじん 友人	ゆうせん 優先
		ゆうそう 郵送	ゆうのう 有能	ゆうびん 郵便	ゆうめい 有名	ゆうり 有利	ゆうりょう 有料			

よ	**よ**	よき 予期	よけい 余計	よさん 予算	よしゅう 予習	よそう 予想	よそく 予測	よてい 予定	よとう 与党	よび 予備
		よぶん 余分	よほう 予報	よぼう 予防	よやく 予約	よゆう 余裕				
	よう	ようい <u>用意</u>	ようい 容易	ようがん 溶岩	ようき 容器	ようきゅう 要求	ようご 用語	ようし <u>用紙</u>	ようし 要旨	ようし 容姿
		ようじ <u>幼児</u>	ようじ <u>用事</u>	ようじん 用心	ようす 様子	ようせき 容積	ようそ 要素	ようち 幼稚	ようてん 要点	ようと 用途
		ようび 曜日	ようふく 洋服	ようもう 羊毛	ようやく 要約	ようりょう 要領				

9. ラ行 MP3-40)))

ら	**らい**	らいきゃく 来客							
	らく	らくだい 落第							
	らっ	らっか 落下							
	らん	らんぼう 乱暴							

り	**り**	りえき 利益	りか 理科	りかい 理解	りこう 利口	りこん 離婚	りせい 理性	りそう 理想	りゆう 理由	りよう 利用
		りりく 離陸							
	りく	りくち 陸地							

り	りゅう	りゅういき 流域	りゅうがく 留学	りゅうこう 流行		
	りょ	りょかん 旅館	りょけん 旅券	りょこう 旅行		
	りょう	りょうきん 料金	りょうし 漁師	りょうじ 領事	りょうしん 両親	りょうり 料理
	りん	りんぎょう 林業	りんじ 臨時			

る	る	るす 留守				

れ	れい	れいがい 例外	れいぎ 礼儀	れいせい 冷静	れいてん 零点	れいとう 冷凍	れいぼう 冷房
	れき	れきし 歴史					
	れっ	れっしゃ 列車	れっとう 列島				
	れん	れんあい 恋愛	れんごう 連合	れんしゅう 練習	れんそう 連想	れんぞく 連続	れんらく 連絡

ろ	ろう	ろうじん 老人	ろうどう 労働	ろうひ 浪費
	ろく	ろくおん 録音	ろくが 録画	
	ろん	ろんそう 論争	ろんぶん 論文	

10. ワ行

わ	わ	わしつ 和室	わだい 話題	わふく 和服

（三）三字以上漢詞 MP3-41))

ア行	い	いしょくじゅう 衣食住	いっしょうけんめい 一生懸命	いっさくじつ 一昨日	いっさくねん 一昨年		

カ行	か	かがくてき 科学的	かいすうけん 回数券	かいすいよく 海水浴	かんごふ 看護婦	かんでんち 乾電池	
	き	ぎじどう 議事堂	きっさてん 喫茶店	きょうかしょ 教科書			
	く	くとうてん 句読点	ぐたいてき 具体的				
	け	けいしちょう 警視庁	けいじばん 掲示板	けいようし 形容詞	けつえきがた 血液型	けっこんしき 結婚式	
	こ	こうさてん 交差点					

サ行	さ	ざぶとん 座布団					
	し	してinsekiseki 指定席	ししゃごにゅう 四捨五入	じてんしゃ 自転車	じむしつ 事務室	じゅわき 受話器	しゅうかんし 週刊誌
		じゅうしょろく 住所録	じょきょうじゅ 助教授	しょうがくきん 奨学金	しょうがくせい 小学生	しょうがっこう 小学校	しょうにか 小児科	しょうきょくてき 消極的
		じょうしゃけん 乗車券	しょうぼうしょ 消防署	しんかんせん 新幹線			
	す	すいへいせん 水平線	すいじょうき 水蒸気	すいさんぎょう 水産業			
	せ	せいほうけい 正方形	せいしょうねん 青少年	せいねんがっぴ 生年月日	せいしんりょく 精神力	せいきまつ 世紀末	せっきょくてき 積極的
	そ	そうりだいじん 総理大臣					

タ行	た	だいがくいん 大学院	だいじょうぶ 大丈夫	だいぶぶん 大部分	だいめいし 代名詞	だいとうりょう 大統領	
	ち	ちかすい 地下水	ちかてつ 地下鉄	ちょうほうけい 長方形	ちょうみりょう 調味料		
	て	ていきあつ 低気圧	ていりゅうじょ 停留所	ていきけん 定期券	ていきゅうび 定休日	でんせんびょう 伝染病	でんわきょく 電話局
	と	としょかん 図書館					

| ナ行 | に | にっこうよく
日光浴 |
| | の | のうさんぶつ
農産物 |

八行	は	はくぶつかん 博物館
	ひ	ひこうき 飛行機　ひじょうぐち 非常口
	ふ	ふきそく 不規則　ふけいき 不景気　ふこうへい 不公平　ふしぎ 不思議　ふじゆう 不自由　ふくさよう 副作用　ふくさんぶつ 副産物 ふんいき 雰囲気　ぶんぼうぐ 文房具
	ほ	ぼうえんきょう 望遠鏡　ほうていしき 方程式　ほどうきょう 歩道橋

マ行	ま	まんねんひつ 万年筆
	み	みょうごにち 明後日
	も	もんぶしょう 文部省

| ヤ行 | ゆ | ゆうえんち
遊園地 |
| | よ | ようちえん
幼稚園 |

ラ行	り	りょうしゅうしょ 領収書
	る	るすばん 留守番
	れ	れいぞうこ 冷蔵庫

新日檢N2言語知識
（文字・語彙・文法）全攻略

第三單元
文法篇

　　本單元完全參照新日檢N2必考文法，依出題形式及句型間的關聯性，將一百七十餘個句型分為「一、接尾語・複合語；二、副助詞；三、複合助詞；四、接續用法；五、句尾用法；六、形式名詞」六大類。讀者只要依序讀下去，相信一定可以在最短的時間內記住相關句型。

　　另外，本單元最後還有敬語相關用法的整理。敬語的題目不只可能出現在文法題、單字題，在閱讀測驗及聽力都會不斷地出現，絕對不可忽略。

　　本單元完全參照新日檢N2必考文法，依出題形式及句型間的關聯性，將一百七十餘個句型分為「一、接尾語‧複合語；二、副助詞；三、複合助詞；四、接續用法；五、句尾用法；六、形式名詞」六大類。讀者只要依序讀下去，相信一定可以在最短的時間內記住相關句型。

　　再次強調一點，新日檢N2言語知識的考試重點在於「熟練」與否，以下一百七十餘個句型不只要懂，而且要熟、要滾瓜爛熟。只有夠熟練，才能判斷得出答案，也才能空下更多的時間來做閱讀測驗！

　　另外，本單元最後還有敬語相關用法的整理。敬語的題目不只可能出現在文法題、單字題，在閱讀測驗及聽力都會不斷地出現，絕對不可忽略。

　　正式進入文法句型之前，請先記住以下連接形式，這樣可以更快速地瞭解相關句型的連接方式！

基本詞性

動詞	書_かく
イ形容詞	高_{たか}い
ナ形容詞	元気_{げんき}
名詞	学生_{がくせい}

常體

詞性	現在肯定	現在否定	過去肯定	過去否定
動詞	書^かく	書^かかない	書^かいた	書^かかなかった
イ形容詞	高^{たか}い	高^{たか}くない	高^{たか}かった	高^{たか}くなかった
ナ形容詞	元気^{げんき}だ	元気^{げんき}ではない（元気^{げんき}じゃない）	元気^{げんき}だった	元気^{げんき}ではなかった（元気^{げんき}じゃなかった）
名詞	学生^{がくせい}だ	学生^{がくせい}ではない（学生^{がくせい}じゃない）	学生^{がくせい}だった	学生^{がくせい}ではなかった（学生^{がくせい}じゃなかった）

名詞修飾形

詞性	現在肯定	現在否定	過去肯定	過去否定
動詞	書^かく	書^かかない	書^かいた	書^かかなかった
イ形容詞	高^{たか}い	高^{たか}くない	高^{たか}かった	高^{たか}くなかった
ナ形容詞	元気^{げんき}な	元気^{げんき}ではない（元気^{げんき}じゃない）	元気^{げんき}だった	元気^{げんき}ではなかった（元気^{げんき}じゃなかった）
名詞	学生^{がくせい}の	学生^{がくせい}ではない（学生^{がくせい}じゃない）	学生^{がくせい}だった	学生^{がくせい}ではなかった（学生^{がくせい}じゃなかった）

動詞連接形式

動詞詞性	連接
動詞辭書形	書<ruby>書<rt>か</rt></ruby>く
動詞ます形	書き
動詞ない形	書かない
動詞（ない）形	書か
動詞た形	書いた
動詞て形	書いて
動詞ている形	書いている
動詞假定形	書けば
動詞意向形	書こう

一 接尾語・複合語

（一）接尾語 MP3-42))

↘文法 001 〜だらけ

意義	滿是〜、全是〜（たくさんある / たくさんついている）
連接	【名詞】＋だらけ

例句 ▶ 交通事故にあった被害者は血だらけであった。

發生車禍的受害者滿身是血。

▶ 子供たちは泥だらけになって遊んでいる。

小孩子們玩得滿身泥巴。

▶ スーツを着たまま寝ていたので、しわだらけになってしまった。

因為穿著西裝就去睡，所以變得皺巴巴的。

↘文法 002 〜っぽい

意義	感到〜、容易〜（〜の感じがする / よく〜する）
連接	【動詞ます形・イ形容詞（い）・名詞】＋っぽい

例句 ▶ 年のせいか、このごろ忘れっぽくなってしまった。

大概是年紀的關係，最近變得很健忘。

▶ あの子は小学生なのに、とても大人っぽい。

那孩子雖然是小學生，但卻非常有大人樣。

▶ この洗濯物はおととい干したものなのに、まだ湿っぽい。

這個洗好的衣服前天就晾了，卻還濕濕的感覺。

↘文法 003 〜がち

意義 常常〜、容易〜（〜することが多い / 〜しやすい）

連接 【動詞ます形・名詞】＋ がち

例句 ▶ 彼女はいつも留守がちです。

她總是常常不在家。

▶ 彼は体が弱く、学校を休みがちだ。

他身子弱，常常向學校請假。

▶ 父は病気がちなので、あまり働けない。

父親常常生病，所以不太能工作。

↘文法 004 〜気味

意義 覺得有點〜（少し〜の感じがする）

連接 【動詞ます形・名詞】＋ 気味

例句 ▶ どうも風邪気味で、寒気がする。

覺得好像感冒了，有點發冷。

▶ あの時計は遅れ気味だ。

覺得那個時鐘有點慢。

▶ この頃太り気味なので、ダイエットすることにした。

覺得最近有點發胖，決定要減肥。

↘文法 005 ～げ

意義 看起來、好像（～そう）

連接 【イ形容詞（い）・ナ形容詞】＋げ

例句 ▶ 彼は寂しげに、1人でそこに座っている。

他看起來很寂寞地一個人坐在那裡。

▶ あの子は何か言いたげだった。

那孩子好像想說什麼。

▶ 子供たちが楽しげに遊んでいる。

小朋友們好像很開心地在玩耍。

（二）複合語 MP3-43))

文法 006 〜かけだ / 〜かける / 〜かけの

意義 剛（開始）〜（途中 / まだ終わっていない）

連接 【動詞ます形】＋ かけだ / かける / かけの

例句 ▶ あの本はまだ読みかけだ。

那本書才剛看了一半。

▶ 食卓には食べかけのりんごが残っている。

餐桌上留著顆吃一半的蘋果。

▶ 彼は「さあ……」と言いかけて、話をやめた。

他說了：「這……」，就沒說了。

文法 007 〜きる / 〜きれる

意義 完成、做完（〜し終える）

連接 【動詞ます形】＋ きる / きれる

例句 ▶ あの本は発売と同時に売りきれてしまった。

那本書在發售的同時就賣光了。

▶ この長編小説を１日で読みきった。

一天就讀完這本長篇小說。

▶ 「それは事実ではない」と彼女は言いきった。

她肯定地說：「那不是事實。」

文法 008 ～ぬく

意義 非常、堅持到底（最後まで～する）

連接【動詞ます形】＋ ぬく

例句 ▶ これは考えぬいて出した結論です。

這是想到最後做出的結論。

▶ 彼は４２キロのマラソンを走りぬいた。

他跑完了四十二公里的馬拉松。

▶ 最後まで頑張りぬく。

努力到最後。

文法 009 ～得る / ～得る / ～得ない

意義 能～、可以～（～することができる / ～する可能性がある）/

不可能、不可以（～することができない / ～する可能性がない）

連接【動詞ます形】＋ 得る / 得る / 得ない

例句 ▶ 考え得ることはすべてやりました。

想得到的全部都做了。

▶ そういうことは起こり得るだろう。

那樣的事情有可能曾發生吧！

▶ そういうことはあり得ないと思う。

我覺得那樣的事是不可能的。

↳文法 010　～かねない

| 意義 | 有可能（變成不好的結果）～（悪い結果になる可能性がある） |
| 連接 | 【動詞ます形】＋ かねない |

例句 ▶ 田中さんのことだから、人に言いかねない。

因為是田中先生，所以有可能會跟別人說。

▶ 休まないで長時間運転したら、事故を起こしかねない。

不休息長時間開車的話，有可能會引起事故。

▶ そのように休みも取らずに働いていたら、体を壊しかねない。

像那樣不休息地工作的話，有可能會弄壞身子。

↳文法 011　～かねる

| 意義 | 不能～、無法～（～することは難しい / ～することができない） |
| 連接 | 【動詞ます形】＋ かねる |

例句 ▶ 申し訳ありませんが、私には分かりかねます。

很抱歉，我難以理解。

▶ 買おうか買うまいか決めかねている。

要不要買，難以決定。

▶ 会社を辞めたことを両親に言いかねている。

難以對父母親說出離職的事情。

►文法 012 〜がたい

意義 很難〜、難以〜（〜することは難しい／〜することができない）

連接 【動詞ます形】＋ がたい

例句 ► そういうことはちょっと信_{しん}じ<u>がたい</u>。

那樣的事有點難以相信。

► 弱_{よわ}い者_{もの}をいじめるのは許_{ゆる}し<u>がたい</u>。

欺負弱小是不能允許的。

► 彼女_{かのじょ}の態度_{たいど}は理解_{りかい}し<u>がたい</u>。

她的態度難以理解。

二 副助詞 MP3-44))

文法 013 ～くらい／～ぐらい

| 意義 | ①表程度（～ほど）　②表輕視～之類的（～を軽視する） |

連接 【動詞辭書形・ない形・イ形容詞・ナ形容詞な・名詞】＋くらい／ぐらい

例句 ▶ それくらいのことで驚いてはいけない。

不可以為了那一點小事吃驚。

▶ 頭が痛くて、がまんできないぐらいだった。

頭痛得快要受不了了。

▶ 自分の部屋ぐらい自分で掃除しなさい。

不就是自己的房間，自己打掃！

文法 014 ～ほど

意義 ①表程度（～くらい）　②越～、越～（一方の程度が変われば、それといっしょに他方も変わる）

連接 【動詞辭書形・ない形・イ形容詞・ナ形容詞な・名詞】＋ほど

例句 ▶ サッカーほどおもしろいスポーツはない。

沒有比足球更有趣的運動了。

▶ 足が痛くて、もう１歩も歩けない<u>ほど</u>だ。

脚痛得幾乎一步也走不動了。

▶ 魚は新しい<u>ほど</u>おいしい。
（魚は新しければ新しい<u>ほど</u>おいしい。）

魚愈新鮮愈好吃。

↘文法 015 　～ばかりか / ～ばかりでなく

意義 不僅～而且～（～だけでなく、その上）

連接 【名詞修飾形】＋ ばかりか / ばかりでなく

（例外：名詞後不加「の」）

例句 ▶ 太郎は頭がいい<u>ばかりでなく</u>、心の優しい子だ。

太郎不只聰明，還是個心地善良的小孩。

▶ 子供<u>ばかりか</u>、大人もアニメを見る。

不只小孩，連成人都看卡通。

▶ 彼は英語<u>ばかりか</u>、中国語も話せる。

他不只英文，也會說中文。

文法 016 〜ばかりに

意義	只是因為〜（〜だけのために）
連接	【名詞修飾形】＋ ばかりに（例外：名詞＋である）

例句 ▶ 長女であるばかりに、家の掃除をさせられた。

　　只因為是長女，就被逼著打掃家裡。

▶ 古い魚を食べたばかりに、おなかを壊してしまった。

　　只是因為吃了不新鮮的魚，就弄壞肚子了。

▶ 数学の先生が嫌いなばかりに、数学も嫌いになってしまった。

　　只是因為討厭數學老師，就連數學也討厭了。

文法 017 〜から〜にかけて

意義	從〜到〜（〜から〜までの間に）
連接	【名詞】＋ から ＋【名詞】＋ にかけて

例句 ▶ 夜中から明け方にかけて何回か大きな地震があった。

　　從半夜到天亮，發生了數次大地震。

▶ 台風は毎年夏から秋にかけて台湾を襲う。

　　颱風每年從夏天到秋天都會侵襲台灣。

▶ 今夜は関東北部から東北地方にかけて、大雨が降る
　かもしれない。

　　今晚從關東北部到東北地區，都有可能會下大雨。

文法 018 ～さえ / ～でさえ

意義 甚至～、連～都（～も / ～でも）

連接 【名詞】＋ さえ / でさえ

例句 ▶ あんな人、もう声さえ聞きたくない。

那種人，我已經連聲音都不想聽。

▶ もうすぐ結婚するというのに、簡単な料理さえできない。

馬上就要結婚了，連簡單的菜都不會做。

▶ そんなこと、子供でさえ知っている。

那種事，連小孩子都懂。

文法 019 ～さえ～ば / ～さえ～なら

意義 只要～就～（それだけあれば、ある状況が成立する）

連接 【名詞】＋ さえ ＋【假定形】/

【名詞】＋ さえ ＋【名詞・ナ形容詞】＋ なら

例句 ▶ 携帯電話さえあれば、カメラも時計も要らない。

只要有手機，相機、鐘錶都不需要了。

▶ 日本語は練習さえすれば、上手になる。

日文只要練習就會變厲害。

▶ 体さえ丈夫なら、何でもできる。

只要身體健康，什麼都能做。

文法 020 〜も〜ば〜も / 〜も〜なら〜も

意義 又〜又〜（〜も〜し〜も）

連接 【名詞】＋も＋【假定形】＋【名詞】＋も /

【名詞】＋も＋【名詞・ナ形容詞】＋なら＋【名詞】＋も

例句 ▶ 彼女は小説も書けば詩も作る。

她又寫小說又寫詩。

▶ あのレストランは値段も安ければ味もいいので、よく食べに行く。

那家餐廳價格便宜、味道又好，所以常去吃。

▶ あの人は踊りも上手なら歌も上手だ。

那個人舞跳得棒、歌也唱得棒。

文法 021 〜だけ / 〜だけあって / 〜だけに / 〜だけの

意義 ①正因為〜（〜にふさわしく）

②正因為〜更加〜（〜だから〜いっそう）

連接 【名詞修飾形】＋だけ / だけあって / だけに / だけの

（例外：名詞不加「の」）

例句 ▶ ここは一流レストランだけあって、サービスがとてもいい。

正因為這裡是一流的餐廳，所以服務非常好。

▶ 祖母は年をとっているだけに、風邪を引くと心配だ。

正因為祖母年紀大了，所以一感冒就很擔心。

▶ あの人は経験が豊富なだけあって、どんな仕事でも安心して頼める。

正因為那個人經驗豐富，所以不管什麼工作都能放心地交給他。

文法 022 ～やら～やら

| 意義 | 又～又～、～等等（～や～など） |
| 連接 | 【動詞辭書形・イ形容詞・名詞】＋やら |

例句 ▶ 泣くやら騒ぐやらで、とても困った。

又哭又鬧，真是傷腦筋。

▶ 太郎の部屋は食べかけのパンやら、読みかけの雑誌やらが散らかっている。

太郎的房間散落著吃一半的麵包、看一半的雜誌。

▶ 来週は試験やらレポートやらで忙しくなりそうだ。

下個星期又要考試又要交報告，看來會變得很忙。

文法 023 〜こそ / 〜からこそ

意義 〜才、正是〜（強調を表す）

連接 【名詞】＋ こそ /【常體】＋ からこそ

例句 ▶「いつもお世話になっております」「いいえ、こちらこそ」

「一直受您的照顧。」「不，我才是呢！」

▶ あなただからこそ、話すのです。ほかの人には言わないで
ください。

因為是你，我才說。請不要跟其他人說。

▶ 一生懸命勉強したからこそ、合格したのだ。

正因為拚命讀了書，所以才考上了。

文法 024 たとえ〜ても / たとえ〜でも

意義 即使〜也〜（もし〜ても / もし〜でも）

連接 たとえ ＋【て形】＋ も / たとえ ＋【名詞】＋ でも

例句 ▶ たとえ台風が来ても、仕事は休めません。

就算颱風來了，工作也無法休息。

▶ たとえ苦しくても、最後まで頑張ろう。

再怎麼苦，都堅持到最後吧！

▶ たとえ冗談でも、そんなことを言うものではない。

再怎麼樣開玩笑，也不應說那種話。

文法 025 ～など / ～なんか / ～なんて

意義	等等、之類的（～のようなものは）
連接	【名詞】＋ など / なんか / なんて

例句

▶ 忙しくて、新聞など読む暇もない。

忙得連報紙之類的都沒空看。

▶ カラオケなんか行きたくない。

卡拉OK之類的，我不想去。

▶ 映画なんてめったに見ない。

電影這類的我很少看。

文法 026 ～きり（だ）

意義	①之後就一直～（～して、そのままずっと） ②只有～（～だけ）
連接	①【動詞た形】＋ きり（だ）
	②【動詞辭書形・た形・名詞】＋ きり（だ）

例句

▶ いつも1人きりで夕ご飯を食べる。

總是只有一個人吃晚飯。

▶ 鈴木さんは2年前、アメリカへ行ったきり帰ってこない。

鈴木先生二年前去了美國後，就一直沒有回來。

▶ 彼女はさっきから、黙っているきりだ。

她從剛剛開始，就一直沉默著。

三 複合助詞

（一）「を～」類 MP3-45

文法 027 ～を中心に（して）/ ～を中心として

意義 以～為中心（～を真ん中にして）

連接 【名詞】＋ を中心に（して）/ を中心として

例句 ▶ 今度の台風の被害は、神戸を中心に近畿地方全域に広がった。

這次颱風的受災以神戶為中心，遍及整個近畿地區。

▶ アジアを中心に、世界各国からの学生たちが集まってきた。

以亞洲為中心，從世界各國來的學生聚在一起。

▶ 地球は太陽を中心として回っている。

地球以太陽為中心轉動著。

文法 028 ～を問わず

意義 不管～、不問～（～に関係なく）

連接 【名詞】＋ を問わず

例句 ▶ この店は昼夜を問わず営業している。

這間店不分晝夜都營業。

▶ 男女を問わず、能力のある人を採用します。

不問男女，錄用有能力的人。

▶ 面接は年齢を問わず参加できる。

不問年齡皆可參加面試。

文法 029 〜をはじめ

意義 以〜為首（〜を第1に）

連接【名詞】＋ をはじめ

例句 ▶ ご両親をはじめ、家族の皆さんによろしくお伝えください。

請幫我向您父母、及全家人問好。

▶ 三井をはじめ、日本の商社が世界各地に進出している。

以三井為首，日本的商社擴張到世界各地。

▶ 日本には京都をはじめ、いろいろな観光地がある。

在日本以京都為首，有各種的觀光區。

文法 030 〜をもとに／〜をもとにして

意義 以〜為基準（〜を判断の基準・材料にして）

連接【名詞】＋ をもとに／をもとにして

例句 ▶ この映画は実際にあった話をもとに作られた。

這部電影是依據實際發生的事情拍的。

▶ 人の噂だけをもとにして人を判断しないでください。

請不要光以謠言來判斷一個人。

▶ 日本語の平仮名や片仮名は、漢字をもとにして作られた。

日文的平假名和片假名，是以漢字為基礎創造的。

文法 031 〜をこめて

| 意義 | 含著〜、充滿〜（気持ちをその中に入れて） |
| 連接 | 【名詞】＋ をこめて |

例句 ▶ 妻は愛情をこめてお弁当を作ってくれた。

妻子滿懷愛意為我做了便當。

▶ 平和の祈りをこめて鶴を折った。

衷心祈求和平，而折了紙鶴。

▶ 母親は子供のために、心をこめてセーターを編んだ。

母親為小孩用心地織了毛衣。

文法 032 〜を通じて / 〜を通して

| 意義 | ①經由、透過（〜を手段として）　②一直〜（〜の間ずっと） |
| 連接 | 【名詞】＋ を通じて / を通して |

例句 ▶ 友人を通じて彼女と知り合った。

經由朋友認識了女朋友。

▶ 受付を通して申し込む。

透過櫃台申請。

▶ この地方は1年を通してずっと温暖だ。

這個地區一年到頭都很暖和。

文法 033 〜をめぐって

意義 圍繞著〜、針對著〜（議論や争いの中心点として）

連接 【名詞】＋ をめぐって

例句 ▶ 契約をめぐって、まだ討論が続いている。

針對契約，討論還在持續著。

▶ ゴルフ場建設をめぐって、意見が2つに対立している。

圍繞在高爾夫球場的興建上，有二個意見對立著。

▶ 1人の男性をめぐって、2人の女性が争っている。

二個女人圍繞著一個男人爭風吃醋。

文法 034 〜をきっかけに

意義 以〜為契機（物事が起こる原因）

連接 【名詞】＋ をきっかけに

例句 ▶ 旅行をきっかけに、クラスのみんなが仲良くなった。

因為旅行這個機會，全班感情變好了。

▶ 病気をきっかけに、タバコをやめた。

因為生病這個契機，把菸戒了。

▶ フランスでの留学をきっかけに、料理を習い始めた。

因為在法國留學這個機會，開始學做菜。

文法 035 ～を契機に

意義 以～為契機（物事が起こる原因）

連接 【名詞】＋ を契機に

例句 ▶ 明治維新を契機に、日本は近代国家になった。

以明治維新為契機，日本成了現代化國家。

▶ 中国出張を契機に、本格的に中国語の勉強を始めた。

去中國出差的機會下，正式開始學中文。

▶ 太郎は大学入学を契機に、親元を出た。

以上大學為契機，太郎離開了父母身邊。

文法 036 ～を～として

意義 把～當作～（～を～という立場・資格で）

連接 【名詞】＋ を ＋【名詞】＋ として

例句 ▶ 田中さんを先生として、日本語の勉強を始めた。

把田中先生當作老師，開始學日文。

▶ 日本政治の研究を目的<u>として</u>、留学した。

以研究日本政治為目的而留學。

▶ 日本語能力検定試験の合格を目標<u>として</u>、頑張っている。

以日本語能力測驗合格為目標努力著。

（二）「に〜」類 MP3-46))

↘文法 037	〜において / 〜における

意義 在〜、於〜（場所・時間を示す）

連接 【名詞】＋ において / における

例句 ▶ 鈴木さんの結婚式は有名なホテル<u>において</u>行われます。

鈴木先生的婚禮在知名飯店舉行。

▶ 調査の過程<u>において</u>、様々なことが明らかになった。

在調查的過程中，許多事情都明朗了。

▶ 病院<u>における</u>携帯電話の使用は禁止されている。

在醫院裡使用行動電話是被禁止的。

文法 038 ～に応じて

意義	依～（～に従って／～に合って）
連接	【名詞】＋に応じて

例句 ▶ 規則に応じて処理する。

依規定處理。

▶ 人は地位に応じて、社会的責任も重くなる。

人依地位不同，社會責任也會變重。

▶ お客の予算に応じて、料理を用意します。

依客人的預算準備菜色。

文法 039 ～に代わって

意義	代替、不是～而是～（～ではなく）
連接	【名詞】＋に代わって

例句 ▶ 急病の母に代わって、父が出席した。

代替突然生病的母親，父親出席了。

▶ 社長に代わって、私がごあいさつさせていただきます。

請讓我代替社長，跟大家打聲招呼。

▶ 将来、人間に代わって、ロボットが家事をやってくれるだろう。

未來機器人會取代人類，幫我們做家事吧！

↘文法 040 〜に比べて

意義 比起〜、和〜相比（〜を基準にして比べる）

連接【名詞】＋ に比べて

例句 ▶ 去年に比べて、今年の夏は暑い。

和去年相比，今年夏天很熱。

▶ 弟に比べて、兄は数学が得意だ。

和弟弟相比，哥哥數學很拿手。

▶ 東京に比べて、大阪の方が物価が安い。

和東京相比，大阪物價比較便宜。

↘文法 041 〜に従って

意義 隨著〜、遵從〜（〜といっしょに）

連接【名詞・動詞辭書形】＋ に従って

例句 ▶ 南へ行くに従って、桜の花は早く咲く。

隨著往南行，櫻花會愈早開。

▶ 係員の指示に従って、お入りください。

請依工作人員的指示進入。

▶ 社長に従って、ヨーロッパを視察する。

跟著社長視察歐洲。

文法 042 ～につれて

意義 隨著～（～といっしょに）

連接 【名詞・動詞辭書形】＋ につれて

例句 ▶ 寒くなるにつれて、オーバーの売上が伸びてきた。

隨著天氣變冷，大衣的銷售量提昇了。

▶ 山は高くなるにつれて、気温が下がる。

隨著山愈高，氣溫就會降低。

▶ 年をとるにつれて、体力が衰える。

隨著年齡增加，體力會衰退。

文法 043 ～に対して

意義 ①對於～（対象を示す） ②相對於～（対比する）

連接 【名詞】＋ に対して

例句 ▶ 北海道に対して、沖縄は冬が暖かい。

相較於北海道，沖繩冬天很溫暖。

▶ この品は値段に対して、品質が悪い。

這項商品相較於價格，品質不好。

▶ 彼女は誰に対しても礼儀正しい。

她不管對誰都很有禮貌。

▶文法 044 ～について

意義 關於～（～に関係して）

連接【名詞】＋ について

例句 ▶ あの人の私生活について、私は何も知りません。

關於那個人的私生活，我什麼都不知道。

▶ 将来について、両親と真剣に語り合った。

有關於將來，和父母親認真地談論了。

▶ 大学では、日本の歴史について研究したいと思っています。

想要在大學研究關於日本的歷史。

▶文法 045 ～につき

意義 由於～（～のため）

連接【名詞】＋ につき

例句 ▶ 本日は祭日につき、休業致します。

今天由於是國定假日，所以停業。

▶ 工事中につき、立入禁止です。

施工中禁止進入。

▶ 改装中につき、しばらく休業致します。

裝修中暫時停止營業。

文法 046 〜にとって

意義 對於〜（〜の立場から考えると）

連接 【名詞】＋ にとって

例句 ▶ 空気は生物にとってなくてはならないものだ。

空氣對於生物是不可或缺的東西。

▶ 漢字は中国人学生にとってやさしい。

漢字對於華籍學生來說很簡單。

▶ それは初心者にとって簡単にできるものではない。

那對初學者來說，不是簡單能辦到的。

文法 047 〜に伴って

意義 伴隨著〜（〜といっしょに）

連接 【名詞・動詞辭書形】＋ に伴って

例句 ▶ 気温の上昇に伴って、湿度も上がってきた。

隨著氣溫上升，濕度也提高了起來。

▶ 都市の拡大に伴って、様々な環境問題が生じた。

隨著都市的擴大，產生了各種環境問題。

▶ 日本語能力試験の日が近づくに伴って、だんだん心配になってきた。

隨著日語能力測驗日的接近，漸漸地擔心了起來。

文法 048 ～によって

意義 ①以～（方法・手段を表す） ②依～而～（～に応じてそれぞれ違う） ③由於～（原因） ④表示無生物主語被動句之動作者（～に）

連接 【名詞】＋ によって

例句 ▶ あの問題は話し合いによって解決した。

那個問題以協商解決了。

▶ 年によって年間の総雨量は異なる。

每一年年總雨量都不同。

▶ 不注意によって火事が起こった。

由於疏忽發生了火災。

▶ 『風の歌を聴け』は、村上春樹によって書かれた。

《聽風的歌》是由村上春樹所寫的。

文法 049 ～によると

意義 根據～（伝聞の根拠を示す）

連接 【名詞】＋ によると

例句 ▶ 天気予報によると、明日は晴れるそうだ。

根據氣象報告，聽說明天會放晴。

▶ 友達の手紙によると、先生が亡くなったそうだ。

據朋友的來信，聽說老師過世了。

▶ 祖母の話によると、昔、この辺は町の中心だったということだ。

據祖母所說，過去，這一帶是市中心。

➡文法 050 〜に関して

意義 關於〜（〜について）

連接 【名詞】＋に関して

例句 ▶ 事故の原因に関して、ただ今調査中です。

關於意外的原因，目前正在調查。

▶ この問題に関して、鈴木が説明致します

關於這個問題，由鈴木來說明。

▶ そのことに関しては、興味がありません。

關於那件事，我沒興趣。

➡文法 051 〜に加えて

意義 不只〜、加上〜（〜だけでなく／〜にプラスして）

連接 【名詞】＋に加えて

例句 ▶ 雨に加えて、風も激しくなってきた。

不只是雨，連風也大了起來。

▶ ガス代に加えて、電気代も大きな割合を占めている。

不只是瓦斯費，電費也佔了很大的比率。

▶ 運動不足に加えて、睡眠時間もほとんどなく、病気になった。

運動不足，再加上幾乎沒有睡眠時間，所以生病了。

文法 052 ～にこたえて

意義 回應～（希望や要求を受け入れて）

連接 【名詞】＋ にこたえて

例句 ▶ 社員の要求にこたえて、社員食堂を増設した。

回應員工的要求，增設了員工餐廳。

▶ アンコールにこたえて、彼は再び舞台に姿を現した。

回應安可，他再次出現在舞台上。

▶ 学生の要望にこたえて、祝祭日も図書館を開館することに

なった。

因應學生的要求，連國定假日圖書館也開館了。

文法 053 ～に沿って

意義 按照～、順著～（～に従って）

連接 【名詞】＋ に沿って

例句 ▶ 川に沿って、まっすぐ進む。

沿著河川直直前進。

▶ 線路に沿って、商店街が立ち並んでいる。

沿著鐵道，商店街林立。

▶ 会社の方針に沿って、新しい計画を立てる。

依公司的政策，訂立新計畫。

文法 054 ～に反して

意義 和～相反（～と反対に）

連接 【名詞】＋に反して

例句 ▶ 予想に反して、業績が全く伸びない。

和預測相反，業績完全沒有成長。

▶ みんなの期待に反して、彼は試合に負けてしまった。

和大家的期待相反，他輸了比賽。

▶ 専門家の予想に反して、円高傾向が続いている。

和專家的預測相反，日圓升值的趨勢持續著。

文法 055 ～に基づいて

意義 基於～、以～為根據（～を根拠にして）

連接 【名詞】＋に基づいて

例句 ▶ 規則に基づいて処理する。

基於規則處理。

▶ アンケート結果に基づいて、この商品が開発された。

根據問卷結果，開發了這項商品。

▶ この小説は実際に起きた事件に基づいて、書かれたものである。

這本小說是根據實際發生的事件所寫的。

文法 056 ～にわたって

意義 整個～、經過～（～の全体に／～の間ずっと）

連接 【名詞】＋ にわたって

例句 ▶ 明日は関東地方の全域にわたって、雪が降ります。

明天整個關東地區都會下雪。

▶ ６時間にわたって討論した結果、このように決まった。

整整六個小時討論的結果，決定這個樣子了。

▶ ３週間にわたったオリンピック大会は、今日で幕を閉じる。

經過三星期的奧運，在今天就要閉幕了。

文法 057 ～にあたって

意義 當～時候、於～（～をする前に）

連接 【動詞辭書形・名詞】＋ にあたって

例句 ▶ 研究発表をするにあたって、準備をしっかりする必要がある。

適值研究發表，需要確實準備。

▶ 開会にあたって、会長から一言あいさつがあります。

開會前，由會長來說句話。

▶ 試合に臨むにあたって、相手の弱点を研究しよう。

即將比賽前，研究對手的弱點吧。

文法 058 〜にかけては

意義 在〜方面（〜では）

連接 【名詞】＋にかけては

例句
▶ 英語にかけては、田中君はいつもクラスで１番だ。

在英文方面，田中同學總是班上最棒的。

▶ マラソンにかけては、自信があります。

在馬拉松方面有自信。

▶ ダンスにかけては、彼の右に出る者はいない。

舞蹈這方面，無人能出其右。

文法 059 〜に際して

意義 當〜之際（〜する直前に）

連接 【動詞辭書形・名詞】＋に際して

例句
▶ 留学に際して、先生が励ましの言葉をくださった。

留學之際，老師給我了鼓勵的話語。

▶ オリンピックの開催に際して、多くの施設が建てられた。

籌備奧運之際，建設了許多設施。

▶ 受験に際して、時間には特に注意してください。

考試時，請特別留意時間。

文法 060 ～に先立って

意義 在～之前（～する前の準備）

連接 【動詞辭書形・名詞】＋ に先立って

例句 ▶ 一般公開に先立って、試写会を催す。

正式上映前，舉辦試映會。

▶ 論文作成に先立って、多くの資料を集める必要がある。

寫論文前，需要蒐集許多資料。

▶ 工事開始に先立って、近所にあいさつをしなければならない。

開始施工前，一定要跟附近打聲招呼。

文法 061 ～にしたら ／ ～にすれば ／ ～にしても

意義 以～立場的話（～の立場だったら ／ ～の立場なら ／ ～の立場でも）

連接 【名詞】＋ にしたら / にすれば / にしても

例句 ▶ 医者にしたら、「タバコをやめる」というのは当然でしょう。

以醫生的立場，「戒菸」是當然的吧！

▶ 生徒にすれば、宿題は少ないほどいいだろう。

以學生的立場，作業愈少愈好吧！

▶ 社長にしても、その判断は辛かったのだ。

以社長的立場，那個決定是痛苦的。

文法 062 ～にしては

意義 以～而言，卻～（～にふさわしくなく）

連接 【常體】＋ にしては（例外：名詞及ナ形容詞不加「だ」）

例句 ▶ 彼は野球選手にしては、体が弱そうだ。

以棒球選手而言，他身體看來弱了點。

▶ 彼女は日本に 10 年もいたにしては、日本語が下手だ。

以在日本待了有十年來看，她日文很糟。

▶ このアパートは都心にしては、家賃が安い。

這間公寓以市中心來說，房租很便宜。

文法 063 ～にしろ／～にせよ／～にしても

意義 ①即使～也～（～と仮定しても）　②無論～還是～（～でも～でも）

連接 【常體】＋ にしろ / にせよ / にしても

（例外：名詞及ナ形容詞不加「だ」，可加上「である」）

例句 ▶ どんな優秀な人間にしろ、短所はあるものだ。

即使再優秀的人，都會有缺點。

▶ メールにしろ電話にしろ、早く連絡したほうがいい。

無論電子郵件還是電話，早點聯絡比較好。

▶ 妻にせよ子供にせよ、彼の気持ちを理解しようとはしていない。

無論是妻子還是小孩，都不想瞭解他的想法。

↘文法 064　〜につけ（て）

意義 ①每當〜（〜に関連していつも）　②不論〜還是〜（〜の場合にも）

連接 ①【動詞辭書形】＋ につけ（て）

　　　 ②【動詞辭書形・イ形容詞・名詞】＋ につけ（て）

例句 ▶ この歌を聞くにつけて、家族を思い出す。

　　　 每當聽到這首歌，就會想起家人。

　　 ▶ 彼女からの手紙を見るにつけ、その時のことが思い出される。

　　　 每當看見她寄來的信，就會想起當時的事。

　　 ▶ この野菜は茹でるにつけ、炒めるにつけ、とてもおいしい。

　　　 這個菜不論燙還是炒，都非常好吃。

（三）其他複合助詞 MP3-47))

↘文法 065　〜として

意義 作為〜、以〜身分（〜の立場・資格で）

連接 【名詞】＋ として

例句 ▶ 留学生として、日本に来ました。

　　　 以留學生身分，來到了日本。

　　 ▶ 卒業祝いとして、母からスーツをもらった。

　　　 從母親那裡得到當作畢業賀禮的西裝。

▶ 彼をお客様<u>として</u>、きちんともてなす。

把他當客人好好地款待。

文法
066 ～とともに

意義 和～一起、隨著～（～と一緒に）

連接【名詞】＋ とともに

例句 ▶ 友人<u>とともに</u>旅行に行く。

和朋友一起去旅行。

▶ 家族<u>とともに</u>、沖縄でお正月を過ごしたい。

想和家人一起在沖繩過年。

▶ 経済の発展<u>とともに</u>、国民の生活は豊かになった。

隨著經濟發展，國民的生活變得富裕了。

文法
067 ～からして

意義 ①從～來看（～から判断して）
②光從～就～（第一の例を挙げれば）

連接【名詞】＋ からして

例句 ▶ このような天気<u>からして</u>、登山は無理だろう。

從這樣的天氣來看，登山太勉強了吧！

▶ タイでは、食べ物<u>からして</u>私には合わない。

在泰國，光食物就不適合我。

▶ 彼女は着る物<ruby>彼女<rt>かのじょ</rt></ruby>は<ruby>着<rt>き</rt></ruby>る<ruby>物<rt>もの</rt></ruby>からして、<ruby>人<rt>ひと</rt></ruby>と<ruby>違<rt>ちが</rt></ruby>う。

她從穿著來看就與眾不同。

↘文法 068 〜からすると / 〜からすれば

意義 以〜立場考量的話（〜の<ruby>立場<rt>たちば</rt></ruby>から<ruby>考<rt>かんが</rt></ruby>えると）

連接 【名詞】＋ からすると / からすれば

例句 ▶ <ruby>現場<rt>げんば</rt></ruby>の<ruby>状況<rt>じょうきょう</rt></ruby>からすると、<ruby>犯人<rt>はんにん</rt></ruby>は<ruby>窓<rt>まど</rt></ruby>から<ruby>逃<rt>に</rt></ruby>げたようだ。

從現場狀況來看，犯人好像是從窗戶逃走的。

▶ <ruby>親<rt>おや</rt></ruby>からすれば、<ruby>子供<rt>こども</rt></ruby>はいくつになっても<ruby>子供<rt>こども</rt></ruby>だ。

以父母的立場，小孩不管到了幾歲都還是小孩。

▶ <ruby>先生<rt>せんせい</rt></ruby>からすれば、<ruby>合格<rt>ごうかく</rt></ruby>して<ruby>当<rt>あ</rt></ruby>たり<ruby>前<rt>まえ</rt></ruby>だ。

以老師的立場，合格是理所當然的。

↘文法 069 〜からいうと / 〜からいえば / 〜からいって

意義 從〜點判斷的話（〜から<ruby>判断<rt>はんだん</rt></ruby>すると）

連接 【名詞】＋ からいうと / からいえば / からいって

例句 ▶ <ruby>今度<rt>こんど</rt></ruby>の<ruby>試験<rt>しけん</rt></ruby>の<ruby>成績<rt>せいせき</rt></ruby>からいうと、<ruby>東大合格<rt>とうだいごうかく</rt></ruby>は<ruby>確実<rt>かくじつ</rt></ruby>だろう。

從這次的成績來看，考上東大是確定的吧！

▶ うちの経済状況からいえば、海外留学なんて不可能だ。

從家裡的經濟狀況來看，到國外留學是不可能的。

▶ あの人の性格からいって、そんなことで納得するはずがない。

以那個人的個性來說，不可能接受那種事。

文法 070 〜から見ると / 〜から見れば / 〜から見て

意義 從〜點來觀察（〜から観察すると）

連接 【名詞】＋ から見ると / から見れば / から見て

例句 ▶ 現場の状況から見ると、泥棒はこの窓から入ったと思われる。

從現場狀況來看，推斷小偷是從這個窗戶進來的。

▶ 彼の表情から見れば、交渉はうまくいかなかったようだ。

從他的表情來看，交涉好像不順利。

▶ あの様子から見て、結婚は間近だ。

從那樣子來看，婚期不遠了。

▶文法 071 〜からには / 〜からは

意義 既然〜就〜（〜のなら）

連接 【常體】＋ からには / からは

（例外：名詞、ナ形容詞要加「である」）

例句 ▶ 引き受けた<u>からには</u>、最後までやるべきだ。

既然答應了，就應該做到最後。

▶ 試合に出る<u>からには</u>、優勝したい。

既然要出賽，就想得第一。

▶ 約束した<u>からは</u>、守らなければならない。

既然約定了，就一定要遵守。

▶文法 072 〜だけあって

意義 正因為是〜（〜ので、それにふさわしく）

連接 【名詞修飾形】＋ だけあって（例外：名詞不加「の」）

例句 ▶ 若い<u>だけあって</u>、体力がある。

正因為年輕，所以有體力。

▶ 一流のレストラン<u>だけあって</u>、サービスもとてもいい。

正因為是一流的餐廳，服務也非常好。

▶ 日本に留学したことがある<u>だけあって</u>、彼は日本語が上手だ。

正因為去日本留學過，所以他日文很棒。

文法 073 〜だけに

意義 ①正因為是〜，同 072 〜だけあって（〜ので、それにふさわしく）
②因為〜更〜（〜ので、もっと）

連接 【名詞修飾形】＋だけに（例外：名詞不加「の」）

例句 ▶ 娘が今回1人で旅行する<u>だけに</u>、心配だ。

因為女兒這次一個人旅行，所以才更擔心。

▶ 彼は日本語の教師<u>だけに</u>、日本語能力試験については詳しい。

正因為他是日文老師，所以關於日語能力測驗很清楚。

▶ あきらめていた<u>だけに</u>、合格がうれしい。

正因為原本已經放棄了，所以考上了更開心。

文法 074 〜はもちろん

意義 當然、不用說〜（〜は当然として）

連接 【名詞】＋はもちろん

例句 ▶ 小学生<u>はもちろん</u>、大学生も漫画を読む。

小學生不用講，連大學生都看漫畫。

▶ 彼は英語<u>はもちろん</u>、ドイツ語も話せる。

他英文不用講，連德文都會說。

▶ 車で来たから、ウイスキー<u>はもちろん</u>、ビールも飲まないほうが
いい。

因為開車來，所以不用說威士忌，連啤酒都不要喝比較好。

↘文法 075 〜はもとより

意義 當然、不用說〜，同 074 〜はもちろん，但為較文言的說法。

連接 【名詞】＋はもとより

例句 ▶ 日本語の勉強には、復習はもとより予習も大切だ。

學日文，複習是當然的，預習也很重要。

▶ この辺りは祭日はもとより、平日もにぎやかだ。

這一帶假日不用說，連平日也很熱鬧。

▶ このテーマパークは子供はもとより、大人も楽しめる。

這個主題樂園不用說小孩，大人也能開心享受。

↘文法 076 〜はともかく

意義 先不管〜、姑且不論〜（〜は一応考えないで）

連接 【名詞】＋はともかく

例句 ▶ 合格するかどうかはともかく、一応受験してみよう。

先不管會不會考上，就先考考看吧！

▶ この店の料理は味はともかく、値段は安い。

這家店的菜先不論味道，價格是很便宜。

▶ 勝敗はともかく、悔いのない試合をしたい。

姑且不論輸贏如何，想打一場不後悔的比賽。

文法 077 ～もかまわず

意義 也不管～、也不在乎～（～も気にしないで）

連接 【名詞】＋ もかまわず

例句 ▶ 彼女は人目もかまわず、泣き出した。

她不管其他人的眼光，哭了出來。

▶ 太郎は服が濡れるのもかまわず、雨の中を走り続けた。

太郎不管會淋溼衣服，繼續在雨中奔跑。

▶ 図書館であるにもかまわず、携帯電話を使うのは迷惑だ。

也不管是圖書館就使用行動電話的人，造成人家的困擾。

文法 078 ～のもとで / ～のもとに

意義 在～之下（～の下で）

連接 【名詞】＋ のもとで / のもとに

例句 ▶ 鈴木先生のご指導のもとで、卒業論文を書き上げた。

在鈴木老師的指導之下，完成了畢業論文。

▶ 法のもとでは誰でも平等だ。

法律之下人人平等。

▶ 子供は親の保護のもとに、成長していく。

小孩在父母的保護之下成長。

↘文法 079 〜際に（は）

意義 〜之際、在〜時候（〜時に）

連接 【動詞辭書形・た形・名詞の】＋際に（は）

例句 ▶ 非常の際に、エレベーターは使わないでください。

緊急時，請不要使用電梯。

▶ 彼は帰国の際に、本をプレゼントしてくれた。

他回國時送了我書。

▶ お降りの際には、お忘れ物のないよう、お気をつけください。

下車時，請小心不要忘了東西。

四 接續用法 MP3-48

文法 080 ～うえ（に）

意義 而且、再加上（～。しかも～）

連接 【名詞修飾形】＋うえ（に）

例句 ▶ 田中さんは仕事熱心なうえ、趣味も豊富だ。

田中先生工作認真，而且興趣也很廣泛。

▶ この機械は使い方が簡単なうえに、軽い。

這台機器操作簡單，而且又輕巧。

▶ 日本の夏は暑いうえに、湿気が高い。

日本的夏天很熱，而且溼度又很高。

文法 081 ～うちに

意義 ①在～期間（～している間に）
②趁著～時（その状態が変わる前に何かをする）

連接 【名詞修飾形】＋うちに

例句 ▶ 本を読んでいるうちに、いつのまにか眠ってしまった。

讀著書，不知不覺就睡著了。

▶ 忘れないうちにメモをする。

趁著還沒忘掉時記筆記。

▶ 日の暮れないうちに帰ろう。

趁天還沒黑回家吧！

↘文法
082 〜かわりに

意義 ①不做〜而做〜（〜をしないで、〜をする）

②以〜代替（〜の代償として）

連接 【名詞修飾形】＋ かわりに

例句 ▶ 映画を見に行くかわりに、うちでビデオを見る。

不去看電影，而在家看錄影帶。

▶ 田中さんに日本語を教えてもらうかわりに、彼に中国語を教えて
あげた。

請田中先生教我日文，而我教他中文。

▶ 私の部屋は夏は暑いかわりに、冬はとても暖かい。

我的房間夏天很熱，但冬天很暖和。

↘文法
083 〜最中に / 〜最中だ

意義 正當〜的時候（ちょうど〜しているその時に）

連接 【動詞ている形・名詞の】＋ 最中に / 最中だ

例句 ▶ 試合の最中に、雨が降り出した。

正在比賽時，下起了雨。

▶ その件は検討している最中です。

那件事正在討論當中。

▶ 宴会の最中に、停電した。

正在宴會時，停電了。

文法 084 ～次第

意義 一～就～（～したら、すぐ）

連接 【動詞ます形・名詞】＋ 次第

例句 ▶ あちらに着き次第、連絡します。

一到那裡，就立刻聯絡。

▶ 準備が整い次第、出発しましょう。

準備一完成，就出發吧！

▶ 落し物が見つかり次第、お知らせします。

一找到失物，馬上通知您。

文法 085 ～たとたん（に）

意義 一～就～（～したら、その瞬間に）

連接 【動詞た形】＋ とたん（に）

例句 ▶ 家を出たとたん、雨が降ってきた。

一出門就下起雨來。

▶ 父親の顔を見たとたん、彼女は泣き出した。

一看到父親的臉，她就哭了出來。

▶ 点火したとたんに、爆発した。

一點火就爆炸了。

文法 086 ～たび（に）

意義 每當～總是（～の時はいつも）

連接 【動詞辭書形・名詞の】＋たび（に）

例句 ▶ この写真を見るたびに、幼い日のことを思い出す。

每當看到這張照片，就會想起小時候。

▶ 父は出張のたびに、おもちゃを買ってきてくれる。

父親每次出差，都會買玩具回來給我。

▶ 同窓会があるたびに、彼女は必ず出席する。

每次開同學會，她一定會出席。

文法 087 ～て以来

意義 自從～之後（～してから、ずっと）

連接 【動詞て形】＋以来

例句 ▶ 日本に来て以来、ずっと大学院に通っています。

自從來到日本，就一直在讀研究所。

▶ 4月に入社して以来、1日も休んだことがない。

自從四月進公司以來，一天也沒休息過。

▶ 卒業して以来、彼には1度も会っていない。

畢業之後，和他一次也沒見過面。

文法 088 ～とおりに／～どおりに

意義 如同～、依照～（～と同じに）

連接 【動詞辭書形・た形・名詞の】＋とおりに／【名詞】＋どおりに

例句 ▶ 計画のとおりに行う。

依計畫舉行。

▶ 先生のおっしゃったとおりにやってみましょう。

照著老師所說的做做看吧！

▶ 説明書どおりに組み立ててください。

請依照說明書組裝。

文法 089 ～ように

意義 ①如同～（例を表す）　②為了～、希望～（目標を表す）

連接 【動詞辭書形・ない形・名詞の】＋ように

例句 ▶ ここに書いてあるように記入してください。

請如這裡所寫的填入。

▶ 熱が下がるように注射をしてもらった。

為了要退燒，（請醫生）打了針。

▶ 風が入るように窓を開けた。

為了讓風吹進來，開了窗戶。

文法 090 ～あまり

意義 太～、過於～（～すぎるので）

連接 【動詞辭書形・た形・ナ形容詞な・名詞の】＋ あまり

例句 ▶ 感激のあまり、泣き出してしまった。

太過感動，哭了出來。

▶ 働きすぎたあまり、倒れてしまった。

工作過度，倒下了。

▶ 苦しさのあまり、泣き出した。

太痛苦，哭了出來。

文法 091 ～一方（で）

意義 一方面～另一方面～（２つの面を対比する）

連接 【名詞修飾形】＋ 一方（で）

例句 ▶ 子供は厳しく叱る一方で、褒めてやることも忘れてはいけない。

嚴厲地責罵小孩，另一方面也不可以忘了稱讚。

▶ この仕事は午前中は非常に忙しい一方、午後は暇になる。

這份工作上午非常忙碌，但另一方面下午會很閒。

▶ 父は読書を楽しむ一方で、天気のいい日はよく山登りもする。

父親享受閱讀，另一方面好天氣時常常去爬山。

文法 092 ～うえで

意義 ①～之後（～てから） ②表示重要的目的（重要な目的を表す）

連接 ①【動詞た形・名詞の】＋うえで

②【動詞辭書形・名詞の】＋うえで

例句 親と先生とよく相談したうえで、進路を決めます。

和父母及老師好好商量後，再決定未來要走的路。

▶ 日本語を勉強するうえで、1番難しいのは何でしょうか。

要學好日文，最難的是什麼呢？

▶ 日本語が話せることは、就職するうえで大変有利だ。

會說日文在找工作上非常有利。

文法 093 ～かぎり

意義 ①只要～（～の状態が続く間） ②盡量～（～の限界まで）

連接 【動詞辭書形・ナ形容詞な・イ形容詞・名詞の／である】＋かぎり

例句 ▶ 体が丈夫なかぎり、働きたい。

只要身體健康，我就想工作。

▶ 明日の試験は力のかぎり、頑張ってみよう。

明天的考試盡力加油吧！

▶ できるかぎりの努力はした。後は結果を待つだけだ。

盡了最大的努力。之後只有等待結果。

文法 094 〜かと思うと / 〜かと思ったら

意義 一〜就〜（〜すると、すぐに）

連接【動詞た形】＋かと思うと / かと思ったら

例句 ▶ ベルが鳴ったかと思うと、教室を飛び出していった。

鐘聲一響，就衝出教室。

▶ 家に着いたかと思ったら、もうテレビの前に座っている。

一到家，就已經坐在電視前。

▶ 木村さんは来たかと思ったら、すぐに帰ってしまった。

木村先生才剛來，就立刻回家了。

文法 095 〜か〜ないかのうちに

意義 一〜就〜（〜すると、すぐに）

連接【動詞辞書形・た形】＋ か ＋【動詞ない形】＋ かのうちに

例句 ▶ ベルが鳴ったか鳴らないかのうちに、教室を飛び出していった。

鐘聲一響，就衝出教室。

▶ お休みと言ったか言わないかのうちに、もう眠ってしまった。

才剛說晚安，就已經睡著了。

▶ 太郎はいつも食事が終わるか終わらないかのうちに、家を出て行く。

太郎總是一吃完飯就出門。

↘文法 096 ～くせに

意義 明明～卻～（～のに）

連接 【名詞修飾形】＋ くせに

例句 ▶ 下手なくせに、やりたがる。

明明做得不好，卻很想做。

▶ 知っているくせに、知らないふりをしている。

明明知道，卻裝作不知道。

▶ あの人はお金がないくせに、買い物ばかりしている。

那個人明明沒錢，還一直買東西。

↘文法 097 ～上（じょう）

意義 在～上（～のうえで）

連接 【名詞】＋ 上（じょう）

例句 ▶ 立場上、その質問には答えられません。

立場上，無法回答那個問題。

▶ あの2人の関係は表面上、何も変わらないように見える。

那二個人的關係，表面上看起來沒有任何改變。

▶ 日本語を勉強するのに、文法上の様々な規則は覚えなければ

ならない。

學日文時，一定要記住文法上的種種規則。

文法 098 〜末に

| 意義 | 〜結果、〜之後（いろいろ〜した後、とうとう最後に） |
| 連接 | 【動詞た形・名詞の】＋ 末に |

例句 ▶ 何度も2級の試験を受けた末に、ついに合格した。

考了好幾次二級的考試之後，終於考過了。

▶ あちこちのスーパーを回った末に、ようやくほしいものを手に
入れた。

跑遍了好幾家超市，終於買到了想要的東西。

▶ 十分に考えた末に、こう決めた。

充分考慮之後，這麼決定了。

文法 099 〜ついでに

意義 順便〜（〜する機会を利用して）

連接 【動詞辭書形・動詞た形・名詞の】＋ ついでに

例句 ▶ スーパーへ行ったついでに、郵便局に寄って手紙を出してきた。

去超市，順路到郵局寄個信。

▶ 散歩のついでに、雑誌を買ってくる。

散步順便買雜誌。

▶ 大阪へ行くついでに、神戸を回ってみたい。

去大阪，順便想逛逛神戶。

文法 100 〜というと / 〜といえば

意義 說到〜（〜を話題にした時、連想されることをいう）

連接 【名詞】＋ というと / といえば

例句 ▶ 夏のスポーツといえば、やっぱり水泳ですね。

說到夏天的運動，還是游泳呀！

▶ 田中さんというと、今ごろどうしているんでしょうか。

說到田中先生，現在在做什麼呢？

▶ 仙台というと、花火がきれいでしょう。

說到仙台，煙火很漂亮吧！

↘文法 101 〜といったら

[意義] 說到〜真是令人〜（驚きや感動などの気持ちを表す）

[連接]【名詞】＋ といったら

[例句] ▶ その時のうれしさといったら、口では言い表せないほどだった。

說到當時的喜悅，幾乎是無法用言語表達呀！

▶ 試合で負けた悔しさといったら、今でも忘れられない。

說到在比賽落敗的悔恨，到現在也忘不了。

▶ 太郎の頑張りといったら、先生の私も頭が下がるくらいだ。

說到太郎的努力，連身為老師的我都快要低頭了。

↘文法 102 〜というより

[意義] 與其說是〜不如說是〜（２つを比較した場合、後者を選ぶ）

[連接]【常體】＋ というより（名詞、ナ形容詞的「だ」常省略）

[例句] ▶ 暖房が効きすぎて、暖かいというより暑い。

暖氣開太強了，與其說是暖和，還不如說很熱。

▶ この辺はにぎやかというより、うるさいくらいだ。

這一帶與其說是熱鬧，還不如說是吵鬧。

▶ この本は子供向けというより、大人のために書かれたもの
だろう。

這本書與其說是給小孩看的，不如說是為大人寫的吧！

↘文法 103 〜あげく

意義 〜結果、最後〜（悪い結果になる）

連接 【動詞た形・名詞の】＋ あげく

例句 ▶ 両親との口論のあげく、家を出ていった。

和父母口角，最後離家出走了。

▶ いろいろ悩んだあげく、結局何もしなかった。

左思右想，最後什麼都沒做。

▶ とても苦労したあげく、ついに病気になった。

非常辛苦到最後，終於生病了。

↘文法 104 〜てからでないと / 〜てからでなければ

意義 不先〜就不行〜（先に〜することが必要）

連接 【動詞て形】＋ からでないと / からでなければ

例句 ▶ 社長の許可をもらってからでないと、私には決められない。

沒有先得到社長的許可，我不能決定。

▶ 宿題が済んでからでないと、テレビを見てはいけない。

不先完成作業，就不可以看電視。

▶ 実際に使ってからでなければ、よいかどうか言えない。

不實際使用，無法說好不好。

文法 105 ～としたら

意義	如果～（もし～なら）
連接	【常體】＋ としたら

例句 ▶ もし日本に行くとしたら、どこがいいでしょうか。

如果要去日本，哪裡好呢？

▶ もしここに100万円あるとしたら、どうしますか。

如果這裡有一百萬日圓的話，會怎麼做？

▶ 今日送るとしたら、いつ着きますか。

如果今天寄的話，什麼時候會到呢？

文法 106 ～ないことには

意義	不～就不～（～なければ）
連接	【動詞ない形】＋ ことには

例句 ▶ 食べてみないことには、おいしいかどうか分からない。

不吃吃看，就不知道好不好吃。

▶ 社長が来ないことには、会議が始められない。

社長不來，會議就無法開始。

▶ 実際に会ってみないことには、どんな人かは分からない。

不實際見個面，不知道是怎樣的人。

文法 107 〜にかかわらず / 〜にかかわりなく

意義 不管〜（〜に関係なく）

連接 【動詞辭書形＋ない形・名詞】＋ にかかわらず / にかかわりなく

例句 ▶ サッカーの試合は天候にかかわりなく、行われる。

　　足球比賽不管天候如何，都會舉行。

　▶ 留学するしないにかかわらず、日本語能力試験は必要だ。

　　不管留不留學，日語能力測驗都是必須的。

　▶ 点数にかかわらず採用する。

　　不管分數如何，都錄取。

文法 108 〜にもかかわらず

意義 儘管〜但是〜（〜でも）

連接 【常體】＋ にもかかわらず

　（例外：名詞、ナ形容詞不加「だ」，可加「である」）

例句 ▶ 努力したにもかかわらず、失敗した。

　　儘管努力了，還是失敗了。

　▶ 次郎さんは若いにもかかわらず、しっかりしている。

　　次郎儘管很年輕，但卻很可靠。

　▶ 今日は平日だったにもかかわらず、行楽地は人でいっぱい
　　だった。

　　儘管今天是平日，觀光區還是人滿為患。

文法 109 〜ぬきで / 〜ぬきに / 〜ぬきの

意義 去除〜（〜を入（い）れないで）

連接【名詞】＋ ぬきで / ぬきに / ぬきの

例句 ▶ 最近（さいきん）、朝食（ちょうしょく）ぬきで学校（がっこう）に行（い）く小学生（しょうがくせい）が多（おお）いらしい。

最近不吃早飯就去上學的小學生好像很多。

▶ 料金（りょうきん）はサービス料（りょう）ぬきで約（やく）2万円（にまんえん）です。

費用扣掉服務費約二萬日圓。

▶ 朝（あさ）から休憩（きゅうけい）ぬきで、もう8時間（はちじかん）も働（はたら）いている。

從早上就沒休息，已經工作了有八個小時。

文法 110 〜のみならず

意義 不僅〜（〜だけでなく）

連接【常體】＋ のみならず

（例外：名詞、ナ形容詞不加「だ」，可加「である」）

例句 ▶ 父（ちち）のみならず、母（はは）までも私（わたし）を信用（しんよう）してくれない。

不只父親，連母親都不相信我。

▶ このスカートは色（いろ）がよいのみならず、デザインも新（あたら）しい。

這條裙子不只顏色好看，連設計都很新穎。

▶ 彼女（かのじょ）は車（くるま）の運転（うんてん）のみならず、修理（しゅうり）もできる。

她不只會開車，還會修車。

↵文法 111 ～反面 / ～半面

意義 另一面～（～が、別の面では～）

連接【名詞修飾形】＋ 反面 / 半面（例外：名詞加「である」）

例句 ▶ あの先生はやさしい反面、厳しいところもある。

那位老師很溫柔，另一方面卻也有很嚴厲的地方。

▶ この薬はよく利く反面、副作用が強い。

這個藥很有效，另一方面副作用也很強。

▶ このようなものは便利な反面、壊れやすいという欠点もある。

這種東西很方便，另一方面卻有易壞這樣的缺點。

↵文法 112 ～わりに（は）

意義 出乎意料～、卻～（～にふさわしくなく、意外に）

連接【名詞修飾形】＋ わりに（は）

例句 ▶ 太郎君は勉強しないわりには、成績がいい。

太郎同學都不讀書，成績卻很好。

▶ 父は年をとっているわりに、体力がある。

父親上了年紀，卻很有體力。

▶ 年のわりに、若く見える。

年紀不小，看起來卻很年輕。

文法 113　～からといって

意義 雖說～（～だけの理由で）

連接 【常體】＋ からといって

例句 ▶ 疲れたからといって、休むわけにはいかない。

雖說很累，但卻不能休息。

▶ おいしいからといって、同じものばかり食べてはいけない。

雖說很好吃，但也不可以一直吃一樣的東西。

▶ 日本に住んでいたからといって、日本語がうまいとは限らない。

雖說以前住在日本，但日文也未必很流利。

文法 114　～といっても

意義 就算～、雖說（～が、実は～）

連接 【常體】＋ といっても

例句 ▶ 日本で暮らしたことがあるといっても、実は2ヵ月だけなんです。

雖說曾經在日本生活過，但其實只有二個月。

▶ 昼ご飯を食べたといっても、サンドイッチだけなんです。

雖說吃過午飯了，不過只是三明治而已。

▶ 本屋で働いているといっても、ただのアルバイトなんです。

雖說在書店工作，但其實只是打工。

文法 115 〜つつ

意義 ①一邊〜一邊〜（〜ながら） ②雖然〜但是〜（〜けれども）

連接【動詞ます形】＋ つつ

例句 ▶ 騙されていると知りつつ、受け入れた。

明知道被騙，還是接受了。

▶ 窓から外の景色を眺めつつ、お酒を飲む。

一邊從窗子眺望外面的風景，一邊喝著酒。

▶ 悪いと知りつつ、試験で人の答えを見てしまった。

雖然知道不好，但考試中還是看了別人的答案。

文法 116 〜ながら

意義 雖然〜但是〜（〜けれども）

連接【動詞ます形‧イ形容詞‧ナ形容詞‧名詞】＋ ながら

例句 ▶ 毎日運動をしていながら、全然やせない。

儘管每天都做運動，但完全沒有變瘦。

▶ このカメラは小型ながら、性能はよい。

這個相機雖然是小型的，但性能很好。

▶ 花子は体が小さいながら、なかなか力がある。

花子雖然身材嬌小，但卻很有力氣。

文法 117 ～おかげで

意義 因為～歸功於～（～の助けで）

連接 【名詞修飾形】＋ おかげで

例句 ▶ 先生のおかげで、日本に来られた。

託老師的福，能夠來到日本。

▶ この本のおかげで、試験に合格できた。

多虧這本書，考試才能通過。

▶ 警察が早く来てくれたおかげで、助かった。

多虧警察及早趕來，才得救了。

文法 118 ～せいで ／ ～せいだ ／ ～せいか

意義 因為～（～が原因で）

連接 【名詞修飾形】＋ せいで ／ せいだ ／ せいか

例句 ▶ 弟のせいで、母に叱られた。

因為弟弟，害得我被媽媽罵。

▶ 食べすぎたせいで、おなかを壊してしまった。

因為吃太多，弄壞了肚子。

▶ お酒をたくさん飲んだせいか、声が大きくなった。

因為喝多了酒吧，聲音變得很大聲。

文法 119 〜うえは

| 意義 | 既然〜就〜（〜からには） |
| 連接 | 【動詞辭書形・た形】＋うえは |

例句 ▶ 約束<ruby>約束<rt>やくそく</rt></ruby>したうえは、<ruby>守<rt>まも</rt></ruby>らなければならない。

既然約定了，就一定要遵守。

▶ やろうと<ruby>決心<rt>けっしん</rt></ruby>したうえは、<ruby>全力<rt>ぜんりょく</rt></ruby>を<ruby>尽<rt>つ</rt></ruby>くすだけだ。

既然決心要做，就只有盡全力了。

▶ <ruby>日本<rt>にほん</rt></ruby>に<ruby>来<rt>き</rt></ruby>たうえは、<ruby>１日<rt>いちにち</rt></ruby>も<ruby>早<rt>はや</rt></ruby>く<ruby>日本<rt>にほん</rt></ruby>の<ruby>習慣<rt>しゅうかん</rt></ruby>に<ruby>慣<rt>な</rt></ruby>れるつもりだ。

既然來到日本，我打算盡早適應日本的習慣。

五 句尾用法 MP3-49))

↘文法 120　〜一方だ

意義 一直〜、不斷〜（ますます〜していく）

連接【動詞辭書形】＋ 一方だ

例句 ▶ 祖母の病気は悪くなる<u>一方だ</u>。

祖母的病情不斷惡化。

▶ 年を取るにつれて、悩みは増える<u>一方だ</u>。

隨著年紀的增長，煩惱不斷增加。

▶ 大学で習った日本語は、その後全然使わないので忘れる<u>一方だ</u>。

在大學學的日文，因為之後完全都沒用，所以不斷忘掉。

↘文法 121　〜おそれがある

意義 有可能〜、恐怕〜（〜する心配がある）

連接【動詞辭書形・名詞の】＋ おそれがある

例句 ▶ 台風 10 号は九州地方に上陸する<u>おそれがある</u>。

十號颱風恐怕會登陸九州地區。

▶ 赤字が続くと、会社はつぶれる<u>おそれがある</u>。

赤字持續的話，公司恐怕會倒閉。

▶ 君の態度はみんなの誤解を招く<u>おそれがある</u>。

你的態度恐怕會招致大家的誤解。

↳文法 122 **〜しかない / 〜ほかない**

意義	只好〜、只有〜（〜以外に方法はない）
連接	【動詞辭書形・名詞】＋ しかない／ほかない

例句 ▶ 自分でできないのだから、誰かに頼む<u>しかない</u>。

因為自己做不到，所以只好拜託其他人。

▶ 決めたら、最後までやる<u>しかない</u>。

決定了的話，就只好做到最後。

▶ この病気を治すには、手術<u>ほかない</u>。

要治好這個病，只有開刀。

↳文法 123 **〜まい**

意義	①不會〜吧！（〜ないだろう）　②絕不〜（絶対〜しない）
連接	【動詞辭書形】＋ まい

例句 ▶ 明日は雨が降る<u>まい</u>。

明天不會下雨吧！

▶ 鈴木さんは今度の旅行に参加する<u>まい</u>。

鈴木先生不會參加這次的旅行吧！

▶ もうあの人とは2度と会うまい。

絕不會和那個人再見面。

↘文法 124 〜かのようだ / 〜かのように

意義 好像〜一樣（〜ように）

連接 【常體】＋ かのようだ / かのように

例句 ▶ 3月なのに、冬かのように寒い。

明明三月了，卻好像冬天一樣地冷。

▶ 彼に会えるとは、まるで夢を見ているかのようだ。

居然能見到他，就好像在做夢一樣。

▶ あの人はあらかじめ知っていたかのように、平然としていた。

那個人好像一開始就知道一樣，非常平靜。

↘文法 125 〜つつある

意義 正在〜（ちょうど〜している）

連接 【動詞ます形】＋ つつある

例句 ▶ 夕日は山の向こうに沈みつつある。

夕陽正沉入山的另一頭。

▶ 患者は健康を回復しつつある。

患者持續恢復健康。

▶ 自然が破壊され<u>つつある</u>。

自然正遭受破壞。

↘文法 126 ～てたまらない / ～てしようがない

意義 非常～（非常に～だ）

連接【動詞て形】+ たまらない / しようがない

例句 ▶ 徹夜のせいか、頭痛がし<u>てたまらない</u>。

因為熬夜的關係吧，頭痛得受不了。

▶ 寒く<u>てしようがない</u>。

冷得受不了。

▶ ノートパソコンがほしく<u>てしようがない</u>。

非常想要筆記型電腦。

↘文法 127 ～てならない / ～でならない

意義 非常～（我慢できないほど～だ）

連接【動詞て形】+ ならない /【名詞】+ で + ならない

例句 ▶ もう１点で合格したかと思うと、悔しく<u>てならない</u>。

一想到再一分就合格了，就非常懊惱。

▶ この写真を見ていると、あの頃のことが思い出され<u>てならない</u>。

看著這張照片，就會非常懷念當時的事。

▶ 夜遅くなっても息子が帰ってこないので、母親は
心配でならない。

因為到深夜兒子都還沒回來，母親擔心得不得了。

文法 128 〜にきまっている

意義 一定〜（きっと〜だ）

連接【常體】＋ にきまっている（名詞、ナ形容詞常省略「だ」）

例句 ▶ あの人の話はうそにきまっている。

那個人的話一定是謊言。

▶ 一流のレストランだから、高いにきまっている。

因為是一流的餐廳，所以一定很貴。

▶ そんなにたくさんお酒を飲んだら、酔っ払うにきまっている。

喝那麼多的酒，一定會喝醉。

文法 129 〜にすぎない

意義 只不過〜而已（ただ〜だけだ）

連接【常體】＋ にすぎない

例句 ▶ 彼の言うことは空想にすぎない。

他所說的，只不過是空想。

▶ コンピューターは人間が作った機械にすぎない。

電腦不過是人類所生產的機器而已。

▶ クラスでこの問題に正しく答えられた人は、2人にすぎなかった。

在班上正確回答這個題目的，只有二個人而已。

文法 130 　〜に相違ない

意義　一定〜（きっと〜だ）

連接　【常體】＋ に相違ない

例句 ▶ あの人がやったに相違ない。

一定是那個人幹的。

▶ 留守中に家に来たのは、田中さんに相違ない。

不在的時候，來家裡的一定是田中先生。

▶ この渋滞は、何か事故があったに相違ない。

這個塞車，一定是出了什麼事了。

文法 131 　〜に違いない

意義　一定〜（きっと〜だ）

連接　【常體】＋ に違いない

例句 ▶ 彼が犯人に違いない。

他一定是犯人。

▶ 明日は晴れるに違いない。

明天一定會放晴。

▶ 彼女の表情から見て、本当のことを知っている<u>に違いない</u>。

從她的表情來看，一定知道事實。

文法 132 〜べき

意義 應該〜（〜した方がいい）

連接 【動詞辭書形】＋べき

例句 ▶ 借りたお金は返す<u>べき</u>だ。

借錢應該要還。

▶ 規則は守る<u>べき</u>だ。

規定應該要遵守。

▶ 君は彼女に謝る<u>べき</u>だ。

你應該跟她道歉。

文法 133 〜向き

意義 適合〜（〜に適している）

連接 【名詞】＋向き

例句 ▶ これは子供<u>向き</u>の絵本である。

這是適合小孩子的書冊。

▶ これは若い女性<u>向き</u>の仕事である。

這是適合女性的工作。

▶ この料理はやわらかくて、お年寄り向きだ。

這道菜很軟，很適合老年人。

文法 134　〜向け

意義　以〜為對象（〜を対象にする）

連接　【名詞】＋向け

例句 ▶ これは2級の受験者向けに書かれた文法書です。

這是以二級考生為對象所寫的文法書。

▶ この本は学生向けだが、一般の人が読んでもおもしろい。

這本書雖然是給學生看的，但一般人來讀也很有意思。

▶ この自転車は子供向けのものなので、大人の君には無理だ。

這輛腳踏車是給小孩子的，成人的你太勉強了。

文法 135　〜っけ

意義　是〜嗎/吧？（相手に質問して確かめる会話の時に使う）

連接　【常體】＋っけ

例句 ▶ 今日は何日だっけ？

今天是幾號呀？

▶ あの人は田村さんだったっけ？

那個人是田村先生吧？

▶ 彼の名前、何だっ**け**？

他的名字，叫什麼呀？

文法 136 ～とか

意義	聽說（～そうだ）
連接	【常體】＋ とか

例句 ▶ 明日は先生がいらっしゃる**とか**。

聽說老師明天要來。

▶ 明日から出張だ**とか**。

聽說明天起要出差。

▶ 新聞によると、九州はきのう大雨だった**とか**。

根據報紙，聽說九州昨天下大雨。

文法 137 ～（よ）うではないか／ ～（よ）うじゃないか

意義	來～吧！（一緒に～しよう）
連接	【動詞意向形】＋ ではないか／じゃないか

例句 ▶ もう１度話し合お**う**ではないか。

再商量一次吧！

▶ ちょっと休憩しようじゃないか。

稍微休息一下吧！

▶ できるかどうか分からないが、とにかくやってみようではないか。

不知道做不做得到，總之先做做看吧！

文法 138 　～ざるを得ない

意義 不能不～（どうしても～なければならない）

連接 【動詞（ない）形】＋ ざるを得ない（する → せざるを得ない）

例句 ▶ その件は外の方にお願いせざるを得ない。

那件事只好拜託其他人了。

▶ 部長の命令だから、従わざるを得ない。

因為是部長的命令，所以只得遵從。

▶ 彼女のためなら、その仕事を引き受けざるを得ない。

為了她的話，不得不接受那份工作。

文法 139 　～次第だ / ～次第で

意義 ①由於～（～によって決まる）　②說明原委（～わけだ）

連接 ①【名詞】＋ 次第だ / 次第で

②【名詞修飾形】＋ 次第だ / 次第で

例句 ▶ その件は私には無理だと思い、お断りした次第だ。

我覺得那件事辦不到，所以拒絕了。

▶ そういう次第で、旅行には行けません。

就是這樣子，無法去旅行。

▶ 試験の結果<u>次第で</u>、もう１度受けなければならない。

由於考試的結果，還要再考一次。

文法 140 ～っこない

意義 絕不～（決して～ない）

連接 【動詞ます形】＋っこない

例句 ▶ こんな雨じゃ、野球なんかでき<u>っこない</u>。

這樣的雨，絕對沒辦法打棒球。

▶ 私がどんなに悲しいか、あなたには分かり<u>っこない</u>。

我有多難過，你一定不會懂。

▶ 田村さんはスポーツが嫌いらしいから、誘っても行き<u>っこない</u>。

田中先生好像討厭運動，所以就算約了他，也一定不會去。

文法 141 ～ないではいられない /
～ずにはいられない

意義 不由得～、不得不～（どうしても～してしまう）

連接 【動詞（ない）形】＋ ないではいられない / ずにはいられない

例句 ▶ 田中さんの忙しさを見たら、手伝わないではいられない。

看到田中先生的忙碌，不由得幫了他。

▶ おかしくて、笑わずにはいられなかった。

很滑稽，不由得笑了出來。

▶ この映画を見ると、誰でも感動せずにはいられないだろう。

看了這部電影，無論是誰都會非常感動吧！

文法 142 〜に限る

意義 ①只有、僅限（だけ）　②最好（1番いい）

連接 ①【名詞】＋に限る　②【動詞辭書形・ない形・名詞】＋に限る

例句 ▶ 参加者は男性に限る。

参加者僅限男性。

▶ この薬の使用は緊急の場合に限る。

這個藥品的使用，僅限於緊急情況。

▶ 疲れた時は、お風呂に入って寝るに限る。

疲倦的時候，泡個澡睡覺最好。

▶文法
143 **～に限らず**

意義 不只～（～だけでなく）

連接 【名詞】＋ に限らず

例句 ▶ 子供に限らず、大人もマンガを読む。

不僅小孩，連成人都看漫畫。

▶ あそこは夏に限らず、冬も賑わう。

那裡不僅夏天，冬天也很熱鬧。

▶ 日本に限らず、どこの国でも環境問題が深刻になっている。

不只日本，不管哪個國家環境問題都很嚴重。

▶文法
144 **～ようがない**

意義 沒辦法～（～ことができない）

連接 【動詞ます形】＋ ようがない

例句 ▶ あの人はどこにいるか分からないので、知らせようがない。

因為我不知道那個人在哪裡，所以我無法通知。

▶ このカメラはこんなにも壊れてしまったから、直しようがない。

這台相機壞成這樣，沒辦法修。

▶ 電話番号が分からないので、あの人には連絡の取りようがない。

不知道電話號碼，所以無法和那個人取得聯繫。

六　形式名詞

（一）「もの」相關用法 MP3-50))）

文法145 ～ものだ／～ものではない／～もんだ／～もんではない

意義　①～啊（～だなあ）　②命令（命令を表す）／命令不能～

連接　①【名詞修飾形】＋ものだ／ものではない／もんだ／もんではない　②【動詞辭書形】＋ものだ／ものではない／もんだ／もんではない

例句 ▶ 月日のたつのは早いものだ。

　　時間過得很快啊！

▶ 無駄づかいをするものではないよ。

　　不可以浪費喔！

▶ 子供は早く寝るもんだ。

　　小孩要早睡！

↘文法 146　〜もの / 〜もん

意義 因為〜呀（〜ので）

連接 【常體】＋ もの / もん

例句 ▶ 分からないんだもの、教えようがない。

我不懂呀，沒辦法教你。

▶ 「彼って嫌いよ。優しくないんだもの」

「他啊，很討厭呀！因為不親切溫柔。」

▶ 「どうして食べないの？」「だって、きらいなんだもん」

「為什麼不吃呢？」「因為我討厭呀！」

↘文法 147　〜ものか / 〜もんか

意義 絕不〜（決して〜ない）

連接 【名詞修飾形】＋ ものか / もんか

例句 ▶ こんなに難しい問題が分かるものか。

這麼難的問題絕對不懂！

▶ あんな店には2度と行くものか。

那種店絕對不會再去！

▶ そんなことあるもんか。

絕對不會有那種事！

文法 148 〜ものがある

意義 感到〜（なんとなく〜と感じる）

連接 【名詞修飾形】＋ ものがある

例句 ▶ 彼女の歌にはどこか人をひきつけるものがある。

覺得她的歌聲，有某種吸引人之處。

▶ 1人で外国で暮らすのはきついものがある。

隻身在國外生活感到很辛苦。

▶ 親しい友人が帰国してしまって、寂しいものがある。

親近的友人回國了，感到寂寞。

文法 149 〜ものだから / 〜もんだから

意義 因為〜（〜ので）

連接 【名詞修飾形】＋ ものだから / もんだから

例句 ▶ 日本は物価が高いものだから、生活が大変だ。

因為日本物價很高，所以生活很不容易。

▶ 出かけようとしたところに電話がかかってきたものだから、
遅れてしまった。

因為正要出門時來了通電話，所以遲到了。

▶ あまりにおかしいもんだから、つい笑ってしまった。

因為太滑稽，所以不由得笑了出來。

↘文法 150 〜ものの

意義 雖然〜但是〜（〜けれども）

連接 【名詞修飾形】＋ ものの

例句 ▶ 気をつけていた<u>ものの</u>、風邪を引いてしまった。

儘管一直很小心，但還是感冒了。

▶ 大学は出た<u>ものの</u>、仕事が見つからない。

大學畢業了，但找不到工作。

▶ 出席すると返事はした<u>ものの</u>、行く気がしない。

儘管回答要參加，但卻不想去。

↘文法 151 〜ものなら / 〜もんなら

意義 要是〜的話（〜できるなら）

連接 【動詞辭書形】＋ ものなら / もんなら

例句 ▶ できる<u>ものなら</u>、すぐにでも国へ帰りたい。

如果可以的話，我想馬上回國。

▶ 入れる<u>ものなら</u>、東大に入りたい。

如果進得去的話，我想進東大。

▶ 行ける<u>もんなら</u>、行ってみたい。

如果可以去的話，我想去看看。

文法 152 　〜というものだ / 〜というもんだ

意義 真是〜啊（心から〜だと思う）

連接 【常體】＋ というものだ / というもんだ

（名詞、ナ形容詞常省略「だ」）

例句 ▶ これこそ本当（ほんとう）の幸福（こうふく）というものだ。

這才是真的幸福啊！

▶ 1人（ひとり）でインドへ旅行（りょこう）するのは心細（こころぼそ）いというものだ。

隻身一人到印度旅行，真是非常不安啊！

▶ この忙（いそが）しいときに会社（かいしゃ）を休（やす）むなんて、自分勝手（じぶんかって）というもんだ。

這麼忙的時候還跟公司請假，真是自私啊！

文法 153 　〜というものではない / 〜というもんではない

意義 未必〜、並非〜（〜とはいえない）

連接 【常體】＋ というものではない / というもんではない

例句 ▶ 勉強時間（べんきょうじかん）が長（なが）ければ長（なが）いほどいいというものではない。

讀書時間未必愈久愈好。

▶ 日本語（にほんご）は習（なら）っていれば話（はな）せるようになるというものではない。

就算學日文，未必就會說。

▶ 安（やす）ければ安（やす）いほどよく売（う）れるというものではない。

未必愈便宜賣得愈好。

（二）「こと」相關用法 MP3-51))

▶文法 154 ～ことだ

意義 應該～（～したほうがいい／～しないほうがいい）

連接 【動詞辭書形・ない形】＋ ことだ

例句 ▶ 試験に合格したかったら、一生懸命勉強することだ。

想要考上，就應該拚命讀書。

▶ この病気を治すには、薬を飲むことだ。

要治這個病，就應該要吃藥。

▶ 日本語がうまくなりたければ、もっと勉強することだ。

如果想要日文變好，就應該多讀書。

▶文法 155 ～ことはない

意義 不需要～（～する必要はない）

連接 【動詞辭書形】＋ ことはない

例句 ▶ 悲しむことはない。

不需要難過。

▶ 心配することはない。

不需要擔心。

▶ 君のせいじゃないから、謝ることはない。

不是你的錯，所以不需要道歉。

文法 156 〜ないことはない / 〜ないこともない

意義 並不是不〜（〜の可能性もある）

連接 【動詞ない形】＋ことはない / こともない

例句 ▶ すぐ行けば、間に合わ<u>ないこともない</u>。

如果馬上走，也不是來不及。

▶ その件は無理すればやれ<u>ないこともない</u>んですが……。

勉強一點的話，那件事也未必辦不成……。

▶ 「３日でできますか」「でき<u>ないことはない</u>ですが……」

「三天做得完嗎？」「也不是做不完……。」

文法 157 〜ことか

意義 多麼〜啊（非常に〜だ）

連接 【名詞修飾形】＋ことか

例句 ▶ あの時は、どんなに悲しんだ<u>ことか</u>。

那個時候，有多麼難過呀！

▶ あの子に何度注意した<u>ことか</u>。

提醒那孩子好幾次了啊！

▶ この絵は何と素晴らしい<u>ことか</u>。

這幅畫多棒啊！

文法
158 ～ことに（は）

意義 令人～的是～（感情の理由を示す）

連接 【動詞た形・イ形容詞・ナ形容詞な】＋ことに（は）

例句 ▶ ありがたいことに、全員が無事だった。

慶幸的是，全員平安。

▶ うれしいことに、今年は奨学金がもらえそうだ。

令人開心的是，今年看起來領得到獎學金。

▶ 残念なことに、今回の計画は中止しなくてはならなくなった。

令人遺憾的是，這次的計畫不得不停止。

文法
159 ～ことなく

意義 不～、沒～（～ないで）

連接 【動詞辞書形】＋ことなく

例句 ▶ 試験のため、休日も休むことなく勉強している。

為了考試，連假日都不休息，一直在讀書。

▶ あきらめることなく、最後まで頑張ろう。

不放棄，努力到最後吧！

▶ 陳君は大学院に進むことなく、帰国してしまった。

陳同學沒讀研究所，回國了。

文法 160 〜ことから

意義 從〜來看（〜ので）

連接 【名詞修飾形】＋ ことから

例句 ▶ 道がぬれていることから、雨が降ったことがわかる。

從路上濕濕的來看，可知道下過雨。

▶ 今年は雨がめったに降らないことから、夏の水不足が
心配される。

從今年鮮少下雨來看，很擔心夏天會缺水。

▶ この辺は外国人が多いことから、国際通りと呼ばれるように
なった。

由於這一帶外國人很多，所以被稱為國際街。

文法 161 〜ことだから

意義 因為是〜（〜なのだから）

連接 【名詞の】＋ ことだから

例句 ▶ 彼女のことだから、時間どおりに来るだろう。

因為是她，所以會準時前來吧！

▶ 田中さんのことだから、また遅刻するよ。

因為是田中先生，所以還是會遲到啦！

▶ 親切な吉村さんのことだから、頼めば教えてくれるよ。

因為是親切的吉村小姐，拜託她的話會告訴我們喔！

▶文法 162 〜ことになっている

意義 規定、約定（〜に決まっている）

連接 【動詞辭書形・ない形】＋ ことになっている

例句 ▶ 日本語の授業は１週間に３時間行われる<u>ことになっている</u>。

日文課一個星期固定會上三個小時。

▶ 私たちは１時に出発する<u>ことになっている</u>。

我們約定一點出發。

▶ 試験は７月初めに実施される<u>ことになっている</u>。

考試固定在七月初舉行。

▶文法 163 〜ということだ

意義 ①據説〜（〜そうだ） ②也就是〜（つまり〜だ）

連接 【常體】＋ ということだ（名詞常省略「だ」）

例句 ▶ 水道工事で夜まで断水する<u>ということだ</u>。

聽說因為水管施工，會停水到晚上。

▶ もうすぐ帰れる<u>ということだ</u>。

聽說馬上能回去了。

▶ 「フォント」というのは、つまり「文字」<u>ということだ</u>。

所謂「フォント」，就是「文字」。

（三）「ところ」相關用法 MP3-52))

文法 164 〜どころではない / 〜どころじゃない

意義 哪能〜（〜する余裕はない）

連接 【動詞辭書形‧名詞】＋ どころではない / どころじゃない

例句 ▶ レポートがたくさんあって、映画を見ているどころではない。

有很多報告，哪能看電影。

▶ 受験を前にして、花見どころではない。

考試就在眼前了，哪有空賞花。

▶ お金がないから、旅行どころじゃない。

因為沒錢，所以哪能旅行。

文法 165 〜ところに / 〜ところへ / 〜ところを

意義 正當〜時候（狀況‧場面の時）

連接 【動詞辭書形‧た形‧ている形‧イ形容詞】＋ ところに / ところへ / ところを

例句 ▶ 出かけようとしているところに、電話がかかってきた。

正要出門的時候，來了通電話。

▶ 授業が終わったところへ、田中君が慌てて入ってきた。

剛下課，田中同學才慌張地衝進教室。

▶ お忙しいところを、お邪魔してすみません。

百忙之中打擾您很抱歉。

↘文法 166 ～たところ

意義 之後～、結果～（～したら、その結果）

連接 【動詞た形】＋ ところ

例句 ▶ お願いしたところ、断られた。

拜託了，結果被拒絕了。

▶ 用事があって電話したところ、留守だった。

有事情打了電話，結果沒人在。

▶ 店の人に問い合わせてみたところ、その辞書はもう売り切れだ
そうだ。

詢問了店裡的人，結果聽說那本字典已經售完。

↘文法 167 ～どころか

意義 哪只是～，其實～（～ではなく、本当は～だ）

連接 【常體】＋ どころか（名詞常省略「だ」）

例句 ▶ 鈴木さんは独身どころか、子供が2人もいるんだよ。

鈴木小姐哪是單身，還有二個小孩呢！

▶ 今日は忙しくて、食事どころか、トイレに行く時間もない。

今天很忙，別說是吃飯，連上洗手間的時間都沒有。

▶ 話をする<u>どころか</u>、会ってもくれなかった。

別說是講話，連見都不見我。

（四）「わけ」相關用法 MP3-53))

文法 168 ～わけだ

意義 難怪～、當然～（当然の～結論になる）

連接 【名詞修飾形】＋ わけだ

例句 ▶ 寒い<u>わけだ</u>。雪が降っているのに、窓が開けっ放しだ。

難怪會冷。明明下雪，窗戶還整個開著。

▶ アメリカに 10 年もいたのだから、英語が上手な<u>わけだ</u>。

因為在美國待了有十年，所以英文當然好。

▶ 熱が４０度もあるのだから、苦しい<u>わけだ</u>。

發燒到四十度，難怪會很痛苦。

文法 169 ～わけではない ／ ～わけでもない ／ ～わけじゃない

意義 並非～（必ずしも～とは言えない）

連接 【名詞修飾形】＋ わけではない ／ わけでもない ／ わけじゃない

例句 ▶ にんじんを食べないからといって、嫌いな<u>わけではない</u>。

雖說我不吃紅蘿蔔，但也不是討厭。

▸ 君の気持ちは分からない<u>わけでもない</u>が……。

並非不懂你的感覺……。

▸ お酒はあまり好きではないが、ぜんぜん飲めない<u>わけじゃない</u>。

我不太喜歡酒，不過也不是完全不能喝。

文法 170 **〜わけがない / 〜わけはない**

意義 不可能〜（〜はずがない）

連接 【名詞修飾形】＋ わけがない / わけはない

例句 ▸ けちな田村さんのことだから、お金を貸してくれる<u>わけがない</u>。

因為是很小氣的田村先生，所以不可能會借我錢。

▸ 東京からは2時間かかるから、１時に着く<u>わけがない</u>。

因為從東京要花二個小時，所以不可能一點到。

▸ 薬も飲まないで治る<u>わけがない</u>。

連藥都不吃，不可能會痊癒。

文法 171 〜わけにはいかない

意義 不行〜、不能〜（〜することはできない）

連接 【動詞辭書形】＋ わけにはいかない

例句 ▶ 大事な会議があるので、熱があっても休むわけにはいかない。

因為有重要的會議，所以就算發燒也不能休息。

▶ 仕事が忙しいので、帰るわけにはいかない。

因為工作很忙，所以不能回家。

▶ 試験があるので、勉強しないわけにはいかない。

因為有考試，所以不能不讀書。

補 充
敬語

　　敬語的表達，在日語學習中是極重要的一環，新日檢N2考試當然也不會漏掉這一塊。敬語可分「尊敬語」、「謙讓語」以及「美化語」。「尊敬語」和「謙讓語」是最常出題的，只要掌握：描述「說話者自己的行為」時應使用「謙讓語」；描述「對方的行為」時應使用「尊敬語」這個訣竅，應該可以輕鬆選出答案。而「美化語」和動作無關，只要記住幾項特定變化即可。

（一）一般敬語

尊敬語	動詞	謙讓語
①～（ら）れます 読まれます ②お ます形 になります お読みになります	和語動詞（～ます） 読みます 讀	お ます形 します お読みします
ご／お 名詞 になります ご注文になります 點餐、訂購	漢語動詞（名詞します） 説明します 說明 電話します 打電話	ご／お 名詞 します ご説明します お電話します
お ます形 ください お読みください	～てください 請～ 読んでください	―

（二）特殊敬語（入門）

尊敬語	動詞	謙譲語
いらっしゃいます おいでになります	行^いきます 去	参^{まい}ります
	来^きます 來	
	います 在	おります
召^めし上^あがります	食^たべます 吃	いただきます
	飲^のみます 喝	
なさいます	します 做	致^{いた}します
おっしゃいます	言^いいます 說	申^{もう}します
―	あげます 給	さしあげます
―	もらいます 獲得、得到	いただきます
くださいます	くれます 給我	―

（三）特殊敬語（進階）

尊敬語	動詞	謙讓語
ご覧になります	見ます 看	拝見します
―	会います 見面	お目にかかります
―	見せます 讓人看	お目にかけます ご覧に入れます
―	聞きます 問	伺います
―	訪ねます／尋ねます 拜訪／詢問	伺います
―	訪問します 拜訪	
ご存知です	知っています 知道	存じております 存じ上げています
―	知りません 不知道	存じません
―	思います 認為	存じます
お休みになります	寝ます 睡覺	―

（四）特殊敬語（高級）

尊敬語	動詞	謙譲語
お見_みえになります お越_こしになります	来_きます 來	—
—	聞_ききます 聽	承_{うけたまわ}ります 拝聴_{はいちょう}します
—	借_かります 借	拝借_{はいしゃく}します
—	もらいます 獲得、得到	賜_{たまわ}ります 頂戴_{ちょうだい}します
—	わかります 了解 引_ひき受_うけます 接受	承知_{しょうち}します かしこまります

（五）美化語

動詞	美化語
あります 有	ございます
～です 是～	～でございます
ありがたいです 謝謝	ありがとうございます

おめでたいです 恭喜	おめでとうございます
はやいです 很早	おはようございます
よろしいですか 可以嗎？	よろしゅうございますか

（六）補助動詞敬語

尊敬語	動詞	謙譲語
～ていらっしゃいます	～ています ～著	～ております
―	～ていきます ～去 ～てきます ～來	～てまいります
～てご覧になります	～てみます 試著～	―
―	～てあげます 我幫～	～てさしあげます
―	～てもらいます 請～幫我～	～ていただきます
～てくださいます	～てくれます 幫我～	―

新日檢N2言語知識
（文字‧語彙‧文法）全攻略

第四單元
模擬試題+完全解析

　　三回模擬試題，讓您在學習之後立即能測驗自我實力。若是有不懂之處，中文翻譯及解析更能幫您了解盲點所在，補強應考戰力。

模擬試題第一回

問題Ⅰ _____の言葉の読み方として最もよいものを１・２・３・４から
一つ選びなさい。

（　）① あれこれと<u>工夫</u>する。

　　　1. こうふ　　　　2. くうふ　　　　3. こふう　　　　4. くふう

（　）② 彼女は体重を５キロ<u>減らした</u>。

　　　1. ならした　　　2. しめらした　　3. へらした　　　4. ふらした

（　）③ 山の中に<u>泉</u>を見つけて、ひと休みした。

　　　1. いけ　　　　　2. みずうみ　　　3. いずみ　　　　4. いのち

（　）④ <u>勇ましく</u>前進する。

　　　1. いさましく　　2. たくましく　　3. ゆうましく　　4. ゆましく

（　）⑤ 池の水が<u>枯れて</u>しまった。

　　　1. かれて　　　　2. こわれて　　　3. しなれて　　　4. くれて

問題Ⅱ _____の言葉を漢字で書くとき、最もよいものを１・２・３・４
から一つ選びなさい。

（　）① 店は客で<u>こんざつ</u>している。

　　　1. 込乱　　　　　2. 混乱　　　　　3. 込雑　　　　　4. 混雑

（　）② 彼女は常識に<u>かけ</u>ている。

　　　1. 欠けて　　　　2. 掛けて　　　　3. 駆けて　　　　4. 書けて

（　）③ 車の運転には免許が<u>ひつよう</u>です。

　　　1. 必要　　　　　2. 必用　　　　　3. 必容　　　　　4. 必幼

（　）④ 雪の上に<u>あしあと</u>が残っている。

    1. 足跡　　　　　2. 足後　　　　　3. 足型　　　　　4. 足形

（　）⑤ 病院へ友だちのお<u>みまい</u>に行く。

    1. 見合い　　　　2. 見舞い　　　　3. 見間い　　　　4. 見真い

**問題III　（　　）に入れるのに最もよいものを、1・2・3・4から一つ
選びなさい。**

（　）① 今日は風邪（　　）だから、出かけたくない。

    1. ぎみ　　　　　2. がち　　　　　3. ぶり　　　　　4. っぽい

（　）② 成績がみんなに追い（　　　）。

    1. かけない　　　2. つかない　　　3. こさない　　　4. ださない

（　）③ 理論（　　）は成功するはずだったが、失敗した。

    1. 上　　　　　　2. 下　　　　　　3. 中　　　　　　4. 内

（　）④ 次の列車は東京、大阪（　　）の急行です。

    1. 感　　　　　　2. 間　　　　　　3. 巻　　　　　　4. 館

（　）⑤ 帰国するジョンさんをみんなで見（　　）ことになった。

    1. 上げる　　　　2. 詰める　　　　3. 送る　　　　　4. 下ろす

**問題IV　（　　）に入れるのに最もよいものを、1・2・3・4から一つ
選びなさい。**

（　）① うちの大学では、学生相互の（　　）に積極的に取り組んでいる。

    1. 交際　　　　　2. 交流　　　　　3. 交通　　　　　4. 交番

（　）② 試験のために、しばらく野球をやめるのは（　　）。

    1. あらい　　　　2. にくい　　　　3. のろい　　　　4. つらい

（　）③　（　　　）あの人が犯人だ。

   1. あきらかに 2. にぎやかに 3. さわやかに 4. おだやかに

（　）④　（　　　）、目が痛い。

   1. こわくて   2. くらくて   3. あさくて   4. けむくて

（　）⑤　朝寝坊で、（　　　）電車に間に合わないところだった。

   1. あわただしく 2. あぶなく   3. あやうく   4. あたたかく

問題V _____の言葉に意味が最も近いものを、1・2・3・4から一つ
   選びなさい。

（　）①　あのコンサートは<u>見事だった</u>。

   1. めずらしかった   2. すばらしかった

   3. たのしかった   4. ただしかった

（　）②　試験に<u>パスする</u>。

   1. 準備する 2. 合格する 3. 失敗する 4. 進歩する

（　）③　もうそろそろ進学について<u>真剣に</u>考えてもいいはずだ。

   1. まじめに 2. 本当に   3. きびしく 4. 適当に

（　）④　あの人は苦労しただけあって、<u>偉い</u>人だと思う。

   1. 有名な 2. 熱心な   3. 立派な   4. 明らかな

（　）⑤　「先生に<u>お目にかけたい</u>ものがあるんですが……」

   1. 会いたい 2. 見せたい   3. 食べたい 4. 聞きたい

問題Ⅵ　次の言葉の使い方として最もよいものを、1・2・3・4から
一つ選びなさい。

（　）① やっと

1. やっと仕事が見つかった。

2. 今朝からやっと待っていた。

3. 足音を忍ばせて、やっと歩く。

4. この方がやっといい。

（　）② ぐっすり

1. ぐっすりすると間違える。

2. 人の宿題をぐっすり写す。

3. ぐっすり頑張ってください。

4. 昼の疲れでぐっすりと眠っている。

（　）③ たとえ

1. たとえ彼女は行かないなら、僕も行く。

2. たとえ失敗しても、あきらめない。

3. たとえ 4月なのに、まだ寒い。

4. たとえお金があったら、家を買いたい。

（　）④ 取り替える

1. タイヤを新しいものに取り替える。

2. 受付で荷物を取り替える。

3. 国際会議で環境問題が取り替えられた。

4. 先生を駅に取り替えていった。

（　）⑤ さわやか

    1. <u>さわやか</u>な結果に終わる。

    2. 汚職事件をめぐって、世間が<u>さわやか</u>だ。

    3. 彼の実力は<u>さわやか</u>なものだ。

    4. 朝は気分が<u>さわやか</u>だ。

問題Ⅶ　次の文の（　　）に入れるのに最もよいものを、1・2・3・4から一つ選びなさい。

（　）① 彼はお風呂に入った（　　）シャツも洗った。

    1. かわりに　　　2. たびに　　　　3. ついでに　　　4. せいで

（　）② あの国から日本（　　）に輸出される農産物の50％が野菜である。

    1. 向き　　　　　2. 向け　　　　　3. 向かい　　　　4. 向こう

（　）③ この問題集は実際の授業で使った教材を（　　）作られている。

    1. もとにして　　　　　　　　2. 問わず

    3. こめて　　　　　　　　　　4. きっかけにして

（　）④ 風邪の（　　）、午後から少し寒気がします。

    1. おかげか　　　2. せいか　　　　3. あげくに　　　4. ことだから

（　）⑤ A：先日申し込んだツアーのホテル、決まりましたか。

    B：まもなく決まると思います。（　　）、ご連絡いたします

      ので、もうしばらくお待ちください。

    1. 予定が決め次第　　　　　　2. 予定を決める次第

    3. 予定が決まり次第　　　　　4. 予定を決まる次第

（　）⑥ 年齢、性別（　　）まじめな方を募集します。

    1. を問わず　　　2. を聞かず　　　3. に関せず　　　4. に及ばず

（　）⑦ 多くの国では男女平等とはいうものの、女性が（　　）。

    1. 差別されるおそれはない

    2. 差別されていることが少なくない

    3. 差別されていない場合がある

    4. 差別されなければならない

（　）⑧ 今度の大会で優勝できたのは、チーム全員の努力の結果（　　）。

    1. に限りない　　　　　　　　2. に及ばない

    3. にほかならない　　　　　　4. に当たらない

（　）⑨ あの女の人は顔は（　　）、性格はいい。

    1. ともかく　　　2. もとより　　　3. もちろん　　　4. かかわらず

（　）⑩ 今日は何か元気の出るものを食べたいね。うなぎの蒲焼（　　）
どうかな。

    1. こそ　　　　　2. なんか　　　3. だったら　　　4. にすれば

（　）⑪ ここから先は、入れない（　　）になっています。

    1. わけ　　　　　2. もの　　　　3. こと　　　　4. ところ

（　）⑫ こんなサービスの悪い店には、2度と来る（　　）。

    1. かねない　　　2. ものか　　　3. 得ない　　　4. わけか

（　）⑬ 彼女は1番行きたかった大学に合格し、うれしさの（　　）
跳び上がった。

    1. ともに　　　　2. あまり　　　3. ばかり　　　4. たびに

（　）⑭ このところ忙しくて少し疲れ（　　）から、今日は早く帰る
ことにした。

    1. ぎみだ　　　　2. かねる　　　3. っぽい　　　4. うる

（　）⑮ こんなに長い論文は1日では（　　）。

    1. 読みかける   2. 読みつづける

    3. 読みきれない   4. 読みだせない

問題Ⅷ 次の文の＿＿★＿＿に入る最もよいものを、1・2・3・4から一つ選びなさい。

（　）① 歌の＿＿＿＿　＿★＿　＿＿＿＿　＿＿＿＿、パーティーは開けません。

    1. しては   2. 田中さんを   3. 上手な   4. ぬきに

（　）② もうすぐ試験だから、＿＿＿＿　＿＿＿＿　＿★＿　＿＿＿＿。

    1. わけには   2. いる   3. いかない   4. 遊んで

（　）③ 明日試験があって、＿＿＿＿　＿★＿　＿＿＿＿　＿＿＿＿。

    1. ではない   2. どころ   3. テレビを   4. 見る

（　）④ 京都で行われた国際会議には、＿＿＿＿　＿＿＿＿　＿＿＿＿　＿★＿が参加した。

    1. 世界各国   2. する   3. はじめと   4. アメリカを

（　）⑤ カメラの操作は簡単＿★＿　＿＿＿＿　＿＿＿＿　＿＿＿＿。

    1. いい   2. ほど   3. なら   4. 簡単な

模擬試題第一回　解答

問題 I	① 4	② 3	③ 3	④ 1	⑤ 1
問題 II	① 4	② 1	③ 1	④ 1	⑤ 2
問題 III	① 1	② 2	③ 1	④ 2	⑤ 3
問題 IV	① 2	② 4	③ 1	④ 4	⑤ 3
問題 V	① 2	② 2	③ 1	④ 3	⑤ 2
問題 VI	① 1	② 4	③ 2	④ 1	⑤ 4
問題 VII	① 3	② 2	③ 1	④ 2	⑤ 3
	⑥ 1	⑦ 2	⑧ 3	⑨ 1	⑩ 2
	⑪ 3	⑫ 2	⑬ 2	⑭ 1	⑮ 3
問題 VIII	① 2	② 1	③ 4	④ 1	⑤ 3

※ 計分方式：每回練習共五十小題，答對一題可得二分，滿分一百分。

模擬試題第一回　中譯及解析

問題 I ＿＿＿＿の言葉の読み方として最もよいものを 1・2・3・4 から
　　　　一つ選びなさい。

（　）① あれこれと<ruby>工夫<rt>く ふう</rt></ruby>する。

　　　　1. こうふ　　　　　2. くうふ　　　　　3. こふう　　　　　4. くふう

中譯 想各種辦法。

解析 本題答案為4，測驗考生對長、短音的熟悉度，以及「工」的唸法是「く」還
　　是「こう」。

（　）② <ruby>彼女<rt>かのじょ</rt></ruby>は<ruby>体重<rt>たいじゅう</rt></ruby>を 5 キロ<ruby>減<rt>ご</rt></ruby>らした。

　　　　1. ならした　　　　2. しめらした　　　3. へらした　　　　4. ふらした

中譯 她體重減了五公斤。

解析 選項1是「<ruby>鳴<rt>な</rt></ruby>らす」（使～響）；選項2是「<ruby>湿<rt>しめ</rt></ruby>らす」（弄溼）；選項3是「<ruby>減<rt>へ</rt></ruby>ら
　　す」（減少）；選項4是「<ruby>降<rt>ふ</rt></ruby>らす」（使降下），故答案為3。

（　）③ <ruby>山<rt>やま</rt></ruby>の<ruby>中<rt>なか</rt></ruby>に<ruby>泉<rt>いずみ</rt></ruby>を<ruby>見<rt>み</rt></ruby>つけて、ひと<ruby>休<rt>やす</rt></ruby>みした。

　　　　1. いけ　　　　　　2. みずうみ　　　　3. いずみ　　　　　4. いのち

中譯 在山裡找到泉水，稍做休息。

解析 選項1是「<ruby>池<rt>いけ</rt></ruby>」（池子）；選項2是「<ruby>湖<rt>みずうみ</rt></ruby>」（湖泊）；選項3是「<ruby>泉<rt>いずみ</rt></ruby>」（泉水）；
　　選項4是「<ruby>命<rt>いのち</rt></ruby>」（性命），故答案為3。

（　）④ <ruby>勇<rt>いさ</rt></ruby>ましく<ruby>前進<rt>ぜんしん</rt></ruby>する。

　　　　1. いさましく　　　2. たくましく　　　3. ゆうましく　　　4. ゆましく

中譯 勇往直前。

解析 選項1是「<ruby>勇<rt>いさ</rt></ruby>ましい」（勇敢的）；選項2是「<ruby>逞<rt>たくま</rt></ruby>しい」（健壯、魁梧的）；選項
　　3、4都是不存在的字，故答案為1。

（　）⑤ 池の水が<u>枯れて</u>しまった。

　　　　1. かれて　　　　　2. こわれて　　　3. しなれて　　　4. くれて

中譯　池水乾枯了。

解析　選項1是「枯れる」（乾枯）；2是「壊れる」（壞掉）；3是不存在的字；4是「暮れる」（天黑），故答案為1。

問題Ⅱ　_____の言葉を漢字で書くとき、最もよいものを１・２・３・４から一つ選びなさい。

（　）① 店は客で<u>こんざつ</u>している。

　　　　1. 込乱　　　　　2. 混乱　　　　　3. 込雑　　　　　4. 混雑

中譯　店裡擠滿顧客。

解析　本題主要考的是「こん」在這裡是「混」而不是「込」，故答案為4。

（　）② 彼女は常識に<u>かけて</u>いる。

　　　　1. 欠けて　　　　2. 掛けて　　　　3. 駆けて　　　　4. 書けて

中譯　她欠缺常識。

解析　四個選項都唸「かけて」，但只有1「欠けて」有「缺少」的意思，故答案為1。

（　）③ 車の運転には免許が<u>ひつよう</u>です。

　　　　1. 必要　　　　　2. 必用　　　　　3. 必容　　　　　4. 必幼

中譯　開車時需要駕照。

解析　「要」、「用」、「容」、「幼」的漢字音讀都為「よう」，但只有選項1「必要」（需要）是實際存在的字，故答案為1。

（　）④ 雪の上に<u>あしあと</u>が残っ<ている。

　　　　1. 足跡　　　　　2. 足後　　　　　3. 足型　　　　　4. 足形

中譯　雪地上留著足跡。

解析　「足跡」是「腳印、足跡」的意思；「足型」和「足形」則為「腳型」，故答案為1。

（　　）⑤ 病院へ友だちのおみまいに行く。

      1. 見合い　　　　　2. 見舞い　　　　　3. 見間い　　　　4. 見真い

中譯 去醫院探朋友病。

解析 「見合い」是「相親」；「見舞い」是「探病、慰問」的意思，故答案為2。

問題Ⅲ　（　　）に入れるのに最もよいものを、1・2・3・4から一つ

    選びなさい。

（　　）① 今日は風邪（　　）だから、出かけたくない。

      1. ぎみ　　　　　　2. がち　　　　　3. ぶり　　　　　4. っぽい

中譯 今天有點感冒的樣子，所以不想出門。

解析 「ぎみ」是「有點～感覺」的意思，故答案為1。

（　　）② 成績がみんなに追い（　　）。

      1. かけない　　　2. つかない　　　3. こさない　　　4. ださない

中譯 成績追不上大家。

解析 「追いかける」是「追趕」；「追いつく」是「追上」；「追い越す」是「追過」；
「追い出す」是「開始追」，因為「みんなに」後面的「に」，表示「歸著點」，
所以意思應為「追不上～」，故答案為2。

（　　）③ 理論（　　）は成功するはずだったが、失敗した。

      1. 上　　　　　　2. 下　　　　　3. 中　　　　　4. 内

中譯 理論上應該可行，但卻失敗了。

解析 「理論上」表示「理論上～」，表達方式和中文類似，故答案為1。

（　　）④ 次の列車は東京、大阪（　　）の急行です。

      1. 感　　　　　　2. 間　　　　　3. 巻　　　　　4. 館

中譯 下一班列車是東京、大阪間的快車。

解析 「間」才能表示「在～間」，故答案為2。

（　）⑤ 帰国するジョンさんをみんなで見（　　）ことになった。

    1. 上げる　　　　　2. 詰める　　　　3. 送る　　　　4. 下ろす

中譯　大家目送約翰先生回國。

解析　「見上げる」是「仰望」；「見詰める」是「凝視」；「見送る」是「目送」；
「見下ろす」是「俯視」，故答案為3。

**問題IV　（　　）に入れるのに最もよいものを、1・2・3・4から一つ
選びなさい。**

（　）① うちの大学では、学生相互の（　　）に積極的に取り組んでいる。

    1. 交際　　　　　2. 交流　　　　3. 交通　　　　4. 交番

中譯　我們大學積極地致力於學生相互的交流。

解析　本題考漢語，「交際」是「交往」；「交流」是「交流」；「交通」是「交通」；
「交番」是「派出所」，故答案為2。

（　）② 試験のために、しばらく野球をやめるのは（　　）。

    1. あらい　　　　2. にくい　　　　3. のろい　　　　4. つらい

中譯　為了考試而暫時不打棒球，真是難受。

解析　本題考「イ形容詞」，「あらい」是「粗暴的」；「にくい」是「可恨的」；
「のろい」是「遲鈍的」；「つらい」是「難受的」，故答案為4。

（　）③（　　）あの人が犯人だ。

    1. あきらかに　　2. にぎやかに　　3. さわやかに　　4. おだやかに

中譯　顯然那個人是犯人。

解析　本題考「ナ形容詞」，「あきらか」是「明顯的」；「にぎやか」是「熱鬧
的」；「さわやか」是「清爽的」；「おだやか」是「平穩的」，故答案為1。

（　）④（　　）、目が痛い。

    1. こわくて　　　2. くらくて　　　3. あさくて　　　4. けむくて

中譯 燻得眼睛痛。

解析 本題考「イ形容詞」，「こわい」是「可怕的」；「くらい」是「暗的」；「あさい」是「淺的」；「けむい」是「煙燻的、煙嗆的」，故答案為4。

（ ）⑤ 朝寝坊で、（ ） 電車に間に合わないところだった。

    1. あわただしく   2. あぶなく   3. あやうく   4. あたたかく

中譯 早上睡過頭，差一點趕不上電車。

解析 本題考「イ形容詞」，「あわただしい」是「慌慌張張的」；「あぶない」是「危險的」；「あやうい」除了有「危險的」意思之外，還有「差一點～」的意思，「あたたかい」是「溫暖的」，故答案為3。

- -

問題V ＿＿＿＿の言葉に意味が最も近いものを、1・2・3・4から一つ選びなさい。

（ ）① あのコンサートは見事だった。

    1. めずらしかった   2. すばらしかった

    3. たのしかった   4. ただしかった

中譯 那個演唱會非常棒。

解析 「見事」是「很棒的」，選項1是「罕見的」（めずらしい）；選項2是「很棒的」（すばらしい）；選項3是「高興的」（たのしい）；選項4是「正確的」（ただしい），故答案為2。

（ ）② 試験にパスする。

    1. 準備する   2. 合格する   3. 失敗する   4. 進歩する

中譯 通過考試。

解析 「パス」是「通過、合格」的意思，故答案為2。

（ ）③ もうそろそろ進学について真剣に考えてもいいはずだ。

    1. まじめに   2. 本当に   3. きびしく   4. 適当に

中譯 應該差不多可以認真的想想關於升學的事了。

解析 「真剣」是「認真的」的意思，「まじめ」也是「認真的」；「本当」是「真的」；「きびしい」是「嚴厲的」；「適当」是「適當、隨便」的意思，故答案為1。

（　）④ あの人は苦労しただけあって、偉い人だと思う。
　　　　1. 有名な　　　　2. 熱心な　　　　3. 立派な　　　　4. 明らかな

中譯 正因為那個人那麼辛苦，我覺得他是個很偉大的人。

解析 「偉い」是「偉大、厲害」的意思，選項裡只有「立派」（傑出、了不起）意思相近，故答案為3。

（　）⑤「先生にお目にかけたいものがあるんですが……」
　　　　1. 会いたい　　　　2. 見せたい　　　　3. 食べたい　　　　4. 聞きたい

中譯 「這個想給老師過目一下……。」

解析 「お目にかける」是「見せる」（讓人看）的謙讓語；「お目にかかる」是「会う」（見面）的謙讓語，故答案為2。二者極容易混淆，同時也是N2出題頻率相當高的題目，請注意。

問題VI　次の言葉の使い方として最もよいものを、1・2・3・4から一つ選びなさい。

（　）① やっと
　　　　1. やっと仕事が見つかった。
　　　　2. 今朝からやっと待っていた。
　　　　3. 足音を忍ばせて、やっと歩く。
　　　　4. この方がやっといい。

中譯 終於找到工作了。

解析 「やっと」是「終於」的意思，所以答案為1。選項2應改為「今朝からずっと待っていた」（從今天早上一直等）；選項3應改為「足音を忍ばせて、そっと歩く」（躡著腳悄悄地走）；選項4應改為「この方がずっといい」（這一個好得多）。

（　）② ぐっすり

    1. ぐっすりすると間違える。

    2. 人の宿題をぐっすり写す。

    3. ぐっすり頑張ってください。

    4. 昼の疲れでぐっすりと眠っている。

中譯 因為白天的疲倦，睡得相當熟。

解析 「ぐっすり」是「熟睡」的樣子，故答案為4。選項1應改為「うっかりと間違える」（不小心弄錯了）；選項2應改為「人の宿題をそっくり写す」（完全照抄別人的作業）；選項3應改為「しっかり頑張ってください」（請好好加油）。

（　）③ たとえ

    1. たとえ彼女は行かないなら、僕も行く。

    2. たとえ失敗しても、あきらめない。

    3. たとえ4月なのに、まだ寒い。

    4. たとえお金があったら、家を買いたい。

中譯 就算失敗也不放棄。

解析 只要有「たとえ」，後面就一定要有「ても」，故答案為2。

（　）④ 取り替える

    1. タイヤを新しいものに取り替える。

    2. 受付で荷物を取り替える。

    3. 国際会議で環境問題が取り替えられた。

    4. 先生を駅に取り替えていった。

中譯 把輪胎換成新的。

解析 「取り替える」是「更換」的意思，故答案為1。

（　）⑤ さわやか

    1. さわやかな結果に終わる。

    2. 汚職事件をめぐって、世間がさわやかだ。

3. 彼の実力はさわやかなものだ。

4. 朝は気分がさわやかだ。

中譯 早上心情很舒暢。

解析 「さわやか」是「舒暢」的意思，故答案為4。

問題Ⅶ 次の文の（　　）に入れるのに最もよいものを、１・２・３・４から一つ選びなさい。

（　）① 彼はお風呂に入った（　　）シャツも洗った。

1. かわりに　　　　2. たびに　　　　3. ついでに　　　4. せいで

中譯 他去洗澡，順便也洗了襯衫。

解析 本題考「～ついでに」這個句型，意思為「順便～」。選項1「～かわりに」是「代替～」；選項2「～たびに」是「每當～」，但本句以「過去式」結束，所以不是正確答案。選項4「～せいで」是「因為～、～害的」，表示不好的原因，故答案為3。

（　）② あの国から日本（　　）に輸出される農産物の５０％が野菜である。

1. 向き　　　　2. 向け　　　　3. 向かい　　　　4. 向こう

中譯 從那個國家進口到日本的農產品百分之五十是蔬菜。

解析 「～向き」是「適合～」；「～向け」用來表示「目的」；「～向かい」是「對著」；「～向こう」是「對面」，故答案為2。

（　）③ この問題集は実際の授業で使った教材を（　　）作られている。

1. もとにして　　　2. 問わず　　　3. こめて　　　　4. きっかけにして

中譯 這本題庫是以實際上課用到的教材製作的。

解析 「～をもとにして」是「以～為基礎」；「～を問わず」是「不問～」；「～をこめて」是「充滿～」；「～をきっかけにして」是「以～為契機」，故答案為1。

（　）④ 風邪の（　）、午後から少し寒気がします。

    1. おかげか   2. せいか   3. あげくに   4. ことだから

中譯 大概是感冒的緣故吧，從下午開始就有點發冷。

解析 本題考「～せいか」這個句型，「せい」表示不好的原因，加上表示不確定的「か」，可以表示不確定是否是這個原因，故答案為2。

（　）⑤ Ａ：先日申し込んだツアーのホテル、決まりましたか。

    Ｂ：まもなく決まると思います。（　）、ご連絡いたしますので、もう

      しばらくお待ちください。

    1. 予定が決め次第   2. 予定を決める次第

    3. 予定が決まり次第   4. 予定を決まる次第

中譯 Ａ：前幾天報名的旅行團的飯店確定了嗎？

    Ｂ：我想沒多久就會確定。行程一確定，我會立刻與您聯絡，請再稍等一會兒。

解析 本題考「～次第」這個句型的連接方式。「～次第」是「一～就～」的意思，前面必須為動詞「ます形」，也就是「ます形＋次第」。選項2、4為辭書形，要先排除。雖然選項1、3均為動詞，但「決める」是「他動詞」，應為「予定を決め次第」才對，故答案為3。

（　）⑥ 年齢、性別（　）まじめな方を募集します。

    1. を問わず   2. を聞かず   3. に関せず   4. に及ばず

中譯 不問年齡、性別，募集認真的人。

解析 本題考「～を問わず」這個句型，意思為「不管～、不問～」，故答案為1。

（　）⑦ 多くの国では男女平等とはいうものの、女性が（　）。

    1. 差別されるおそれはない   2. 差別されていることが少なくない

    3. 差別されていない場合がある   4. 差別されなければならない

中譯 雖說在許多國家都是男女平等，但女性受歧視的情況還是不少。

解析 句子裡出現了表示逆態接續的「ものの」，意思為「雖然男女平等，但～」，所以可以推論後件為受到歧視。選項1是「不用擔心受歧視」；選項2是「受歧視的情況不少」；選項3是「有不受歧視的情形」；選項4為「一定要歧視」，故答案為2。

（　）⑧ 今度の大会で優勝できたのは、チーム全員の努力の結果（　　）。

1. に限りない　　　　　　　　　　2. に及ばない

3. にほかならない　　　　　　　　4. に当たらない

中譯 在這次大會上能獲得冠軍，正是全隊努力的結果。

解析 本題考「～にほかならない」這個句型，表示「除了～以外，沒有其他的」這樣的意思，因此一般可解釋為「正是～」，故答案為3。

（　）⑨ あの女の人は顔は（　　）、性格はいい。

1. ともかく　　　2. もとより　　　3. もちろん　　　4. かかわらず

中譯 那位女性先不論長相，個性很好。

解析 「～はもちろん」和「～はもとより」用法相同，是「～不用說，～也」的意思。而「～はともかく」是「姑且不論～」的意思，故答案應為1。

（　）⑩ 今日は何か元気の出るものを食べたいね。うなぎの蒲焼き（　　）どうかな。

1. こそ　　　　　2. なんか　　　　3. だったら　　　4. にすれば

中譯 今天想吃點什麼能提振精神的東西呀！鰻魚飯之類的怎麼樣呀？

解析 本題考「～なんか」這個句型，「なんか」、「なんて」都和「など」一樣，有「舉例」的功能，故答案為2。

（　）⑪ ここから先は、入れない（　　）になっています。

1. わけ　　　　　2. もの　　　　　3. こと　　　　　4. ところ

中譯 從這裡開始，前方不能進入。

解析 本題考「～ことになっている」這個句型，「～ことになっている」表示「規定」、「習慣」、「慣例」等意思，故答案為3。

（　）⑫ こんなサービスの悪い店には、2度と来る（　　）。

1. かねない　　　2. ものか　　　3. 得ない　　　4. わけか

中譯 不會再來服務這麼糟的店了！

解析 本題考「～ものか」這個句型，表示強烈否定的感覺，是一種「反話」的表達方式，因此本句的中文亦可解釋為「我還會再來服務這麼糟的店嗎？」，故答案為2。

（　） ⑬ 彼女は１番行きたかった大学に合格し、うれしさの（　　）
跳び上がった。

     1. ともに   2. あまり   3. ばかり   4. たびに

中譯 她考上了最想去的大學，高興得跳了起來。

解析 本題考「～あまり」這個句型，「あまり」是「太～」的意思，所以「うれし
さのあまり」可以解釋為「太過高興」，故答案為2。

（　） ⑭ このところ忙しくて少し疲れ（　　）から、今日は早く帰ることにした。

     1. ぎみだ   2. かねる   3. っぽい   4. うる

中譯 最近忙得有點疲倦，所以今年決定早點回家。

解析 「～ぎみ」表示「有點～感覺」；「～かねる」是「難以～」；「～っぽい」是
「有點～（傾向）」；「～うる」是「有可能～」，故答案為1。

（　） ⑮ こんなに長い論文は１日では（　　）。

     1. 読みかける   2. 読みつづける   3. 読みきれない   4. 読みだせない

中譯 這麼長的論文一天看不完。

解析 本題考複合動詞的相關用法，「読みかける」是「看一半」；「読みつづける」
是「持續看」；「読みきれる」是「看完」，故答案為3。

問題Ⅷ 次の文の＿★＿に入る最もよいものを、１・２・３・４から一つ
選びなさい。

（　） ① 歌の＿＿＿＿＿　＿＿★＿＿　＿＿＿＿＿　＿＿＿＿＿、パーティーは開けません。

     1. しては   2. 田中さんを   3. 上手な   4. ぬきに

 → 歌の　上手な　田中さんを　ぬきに　しては、パーティーは開けません。

中譯 要是沒有歌唱得很棒的田中小姐，宴會就沒辦法舉行。

解析 本題考句型「～をぬきにしては」，意思為「如果沒有～的話」，故答案為2。

（　） ② もうすぐ試験だから、＿＿＿＿＿　＿＿＿＿＿　＿＿★＿＿　＿＿＿＿＿。

     1. わけには   2. いる   3. いかない   4. 遊んで

→　もうすぐ試験だから、遊んで　いる　わけには　いかない。

中譯 馬上就要考試了，所以沒辦法玩。

解析 本題考句型「〜わけにはいかない」，意思為「不能〜」，故答案為1。

（　）③ 明日試験があって、＿＿＿＿　＿★＿　＿＿＿＿　＿＿＿＿。

1. ではない　　　2. どころ　　　　3. テレビを　　　4. 見る

→　明日試験があって、テレビを　見る　どころ　ではない。

中譯 明天有考試，哪能看電視！

解析 本題考句型「〜どころではない」，意思為「哪能〜、沒空〜」，故答案為4。

（　）④ 京都で行われた国際会議には、＿＿＿＿　＿＿＿＿　＿＿＿＿　＿★＿が
参加した。

1. 世界各国　　　　2. する　　　　3. はじめと　　　4. アメリカを

→　京都で行われた国際会議には、アメリカを　はじめと　する　世界各国が
参加した。

中譯 以美國為首的世界各國參加了在京都舉行的國際會議。

解析 本題考句型「〜をはじめとする」，意思為「以〜為首」，故答案為1。

（　）⑤ カメラの操作は簡単＿★＿　＿＿＿＿　＿＿＿＿　＿＿＿＿。

1. いい　　　　　2. ほど　　　　3. なら　　　　　4. 簡単な

→　カメラの操作は簡単なら　簡単な　ほど　いい。

中譯 相機的操作愈簡單愈好。

解析 本題考句型「〜ば（なら）〜ほど」，意思為「愈〜愈〜」，故答案為3。

模擬試題第二回

問題Ⅰ _____ の言葉の読み方として最もよいものを 1・2・3・4 から
一つ選びなさい。

（　）① お互いに<u>率直</u>に話し合おう。

      1. そつちょく　　2. そっちょく　　3. りつちょく　　4. りっちょく

（　）② おばあさんは手で子供を<u>招いて</u>お菓子をあげた。

      1. まねいて　　　2. わいて　　　　3. まいて　　　　4. はぶいて

（　）③ 犬は<u>賢い</u>動物です。

      1. かしこい　　　2. えらい　　　　3. かわいい　　　4. うまい

（　）④ 海岸の<u>砂</u>の上を歩くのはいい気持ちだ。

      1. すみ　　　　　2. すな　　　　　3. しま　　　　　4. しな

（　）⑤ 各部屋に電話が<u>備えて</u>ある。

      1. つたえて　　　2. そなえて　　　3. ささえて　　　4. ふるえて

問題Ⅱ _____ の言葉を漢字で書くとき、最もよいものを 1・2・3・4
から一つ選びなさい。

（　）① <u>かいせい</u>に恵まれてスポーツ大会は大成功だった。

      1. 改正　　　　　2. 快晴　　　　　3. 回生　　　　　4. 開成

（　）② どんなに<u>さがして</u>も見つからない。

      1. 察して　　　　2. 査して　　　　3. 探して　　　　4. 渡して

（　）③ <u>たまご</u>を使って、お菓子を作る。

      1. 玉　　　　　　2. 球　　　　　　3. 卵　　　　　　4. 卵

（　）④ この服は<u>きじ</u>が悪い。

　　　　1. 着地　　　　　2. 気地　　　　　3. 木地　　　　　4. 生地

（　）⑤ 月の光は湖を<u>てらして</u>いる。

　　　　1. 映らして　　2. 光らして　　　3. 明らして　　　4. 照らして

問題Ⅲ　（　　）に入れるのに最もよいものを、１・２・３・４から一つ 選びなさい。

（　）① 見知らぬ人に話し（　　）。

　　　　1. かけられた　2. だされた　　3. こまれた　　4. 合われた

（　）② この薬は、食後１時間（　　）に飲んでください。

　　　　1. 以下　　　　2. 以上　　　　3. 以外　　　　4. 以内

（　）③ あの人とは（　　）対面とは思えなかった。

　　　　1. 初　　　　　2. 諸　　　　　3. 緒　　　　　4. 所

（　）④ 駆け（　　）乗車はお止めください。

　　　　1. つけ　　　　2. 出し　　　　3. 入れ　　　　4. 込み

（　）⑤ 先生でも間違うことはあり（　　）。

　　　　1. かける　　　2. 切る　　　　3. 抜く　　　　4. える

問題Ⅳ　（　　）に入れるのに最もよいものを、１・２・３・４から一つ 選びなさい。

（　）① あの人は若いですが、とてもたのもしいです。（　　）やさしい ので、つきあいたいと思っています。

　　　　1. それに　　　2. それで　　　3. だから　　　4. しかし

（　）② ギターは弾き方によって、いろいろな感情を（　　）できる。

    1. 実現　　　　　2. 表現　　　　　3. 発揮　　　　　4. 発表

（　）③ 長い時間をかけて話しあったが、（　　）が出なかった。

    1. 決心　　　　　2. 決定　　　　　3. 結論　　　　　4. 結果

（　）④ （　　）に事を処理する。

    1. おおざっぱ　　2. おおよそ　　3. だいたい　　4. あいまい

（　）⑤ 毛布を 3 つに（　　）ください。

    1. おって　　　　2. つかんで　　3. まげて　　　4. たたんで

問題Ⅴ　　_____の言葉に意味が最も近いものを、1・2・3・4から一つ
　　　選びなさい。

（　）① 木村さんは<u>相当な</u>お金持ちらしい。

    1. 絶対に　　　　2. 本当に　　　3. かなり　　　4. たぶん

（　）② <u>ついに</u>試合が始まる。

    1. いきいき　　　2. いよいよ　　3. おのおの　　4. しばしば

（　）③ この計画は<u>おそらく</u>失敗に終わるだろう。

    1. いくら　　　　2. もちろん　　3. あきらかに　4. たぶん

（　）④ 意味が<u>全然</u>わからない。

    1. あんまり　　　2. まったく　　3. ついに　　　4. まもなく

（　）⑤ <u>チャンス</u>を逃すな。

    1. 提案　　　　　2. 伝言　　　　3. 機会　　　　4. 暗記

問題VI　次の言葉の使い方として最もよいものを、１・２・３・４から
　　　　　一つ選びなさい。

（　）① だらけ

　　　　1. 彼女はゲームに勝って、お金持ちだらけになった。

　　　　2. 子供たちは泥だらけになって遊んでいる。

　　　　3. あの教室は汚いだらけだ。

　　　　4. バーゲンで、デパートには客だらけだ。

（　）② 思わず

　　　　1. 財布をなくして思わず困っている。

　　　　2. 思わずあっと叫んだ。

　　　　3. 一生けんめい頑張って、思わず1位になった。

　　　　4. 母は手紙で家族のことを思わず知らせた。

（　）③ 実に

　　　　1. 間違いない。実にこの目で見たんだ。

　　　　2. 実に私にもよく分からない。

　　　　3. 「実にこれから出かけるんです」

　　　　4. この映画は実に面白い。

（　）④ 余計

　　　　1. 余計な心配をするな。

　　　　2. 仕事の余計に読書をする。

　　　　3. 余計を見つけて本を読む。

　　　　4. 私にはこれを買う余計はない。

（　）⑤ のんびり

    1. あの話は<u>のんびり</u>分からない。

    2. 顔を洗って、頭が<u>のんびり</u>する。

    3. 自信に<u>のんびり</u>に話す。

    4. 故郷に帰って<u>のんびり</u>暮らす。

問題Ⅶ　次の文の（　　）に入れるのに最もよいものを、1・2・3・4 から一つ選びなさい。

（　）① 無料体験レッスンは1回（　　）です。

    1. かぎり　　　　2. くらい　　　　3. さえ　　　　　4. として

（　）② この寮に入る（　　）、以下の規則をよく読んでおいてください。

    1. に基づいて　2. に応じて　　　3. に際して　　4. に反して

（　）③ このセーターは、私（　　）は忘れがたい祖母からの大切な 贈り物です。

    1. によって　　　2. にせよ　　　　3. にとって　　4. において

（　）④ 辞書を買った（　　）、1度も使われることなく、本棚でほこりを かぶっている。

    1. あげく　　　　2. もので　　　　3. ものの　　　　4. にせよ

（　）⑤ チーズケーキにかけては、（　　）。

    1. あの店では2度と買いたくない

    2. あの店のほうがまずい

    3. あの店が最高だ

    4. あの店はやめておこう

（　）⑥ 今さら（　　）しかたがないが、もうちょっと慎重に行動すべき
だった。
1. 言っても　　　　　　　　2. 言えないことも
3. 言わずには　　　　　　　4. 言うまでも

（　）⑦ 国民の期待（　　）、あの選手はみごとに世界選手権で優勝した。
1. にこたえて　2. に加えて　　3. に反して　　4. にしたがって

（　）⑧ 雨にぬれるにも（　　）、子供たちは外で遊び続けた。
1. かまわず　　　　　　　　2. かかわらず
3. かかわりなく　　　　　　4. およばず

（　）⑨ 5時間もの話し合いの（　　）、やっと結論が出た。
1. 最後　　　　2. 始末　　　　3. 終わり　　　4. 末

（　）⑩ この映画は、本当にあった事件に（　　）作られた。
1. したがって　2. 関して　　　3. 応じて　　　4. 基づいて

（　）⑪ 暮れから正月に（　　）、海外旅行に出る人が増えている。
1. おいて　　　2. そって　　　3. かけて　　　4. 際して

（　）⑫ 4月の8日から1週間（　　）東京で国際会議が開かれる。
1. において　　2. にあたって　3. にわたって　4. にかけて

（　）⑬ まじめなあの人のことだから、時間どおりに来る（　　）。
1. と思えない　2. に過ぎない　3. と言えない　4. に違いない

（　）⑭ 最近の食品の偽装問題は相次いで発覚されているので、もう
自分で作る（　　）。
1. はずはない　2. ことはない　3. しかない　　4. さえない

（　）⑮ 決して夢をあきらめない彼女の生き方を見ていると、感動（　　）。

    1. するはずがない　　　　　　　　2. しないではおかない

    3. しないではいられない　　　　　4. するべきでない

問題Ⅷ　次の文の＿＿★＿＿に入る最もよいものを、1・2・3・4から一つ
　　　　選びなさい。

（　）① 空港までタクシーで 15 分だから、すぐ出れば＿＿＿＿　＿＿＿＿
＿＿＿＿　★　＿＿＿＿。

    1. ない　　　　　2. ことも　　　　3. 合わない　　　4. 間に

（　）② 日本語を＿＿＿＿　＿＿★＿＿　＿＿＿＿　＿＿＿＿、基本的な文法を
しっかり身につけることだ。

    1. 上で　　　　　2. ことは　　　　3. 大切な　　　4. 勉強する

（　）③ 終了のベルが＿＿＿＿　＿＿★＿＿　＿＿＿＿　＿＿＿＿、彼は教室を
飛び出して行った。

    1. 鳴らないか　2. の　　　　　　3. 鳴ったか　　4. うちに

（　）④ 試験があるから、熱があっても＿＿＿＿　＿＿★＿＿　＿＿＿＿　＿＿＿＿。

    1. わけ　　　　　2. 休む　　　　　3. いかない　　4. には

（　）⑤ 宿題が＿＿＿＿　＿＿＿＿　＿＿★＿＿　＿＿＿＿、テレビを見ては
いけない。

    1. から　　　　　2. と　　　　　　3. 済んで　　　4. でない

模擬試題第二回　解答

問題 I　　① 2　　② 1　　③ 1　　④ 2　　⑤ 2

問題 II　　① 2　　② 3　　③ 3　　④ 4　　⑤ 4

問題 III　① 1　　② 4　　③ 1　　④ 4　　⑤ 4

問題 IV　① 1　　② 2　　③ 3　　④ 1　　⑤ 4

問題 V　　① 3　　② 2　　③ 4　　④ 2　　⑤ 3

問題 VI　① 2　　② 2　　③ 4　　④ 1　　⑤ 4

問題 VII　① 1　　② 3　　③ 3　　④ 3　　⑤ 3
　　　　　　⑥ 1　　⑦ 1　　⑧ 2　　⑨ 4　　⑩ 4
　　　　　　⑪ 3　　⑫ 3　　⑬ 4　　⑭ 3　　⑮ 3

問題 VIII　① 2　　② 1　　③ 1　　④ 1　　⑤ 4

※ 計分方式：每回練習共五十小題，答對一題可得二分，滿分一百分。

模擬試題第二回　中譯及解析

問題1　_____の言葉の読み方として最もよいものを 1・2・3・4から
一つ選びなさい。

（　）① お互いに率直に話し合おう。

　　　　1. そつちょく　　　2. そっちょく　　　3. りつちょく　　　4. りっちょく

中譯　彼此坦率地談談吧！

解析　「率」這個漢字有「そつ」、「りつ」兩種讀音，此處是「そつ」，且需要音
變，成為「そっ」，故答案為2。

（　）② おばあさんは手で子供を招いてお菓子をあげた。

　　　　1. まねいて　　　　2. わいて　　　　3. まいて　　　　4. はぶいて

中譯　奶奶招手要小孩過來，給了他點心。

解析　選項1是「招く」（叫來）；選項2是「湧く」（湧出）或「沸く」（沸騰）；選
項3是「巻く」（捲）或「撒く」（撒）；選項4是「省く」（省），故答案為1。

（　）③ 犬は賢い動物です。

　　　　1. かしこい　　　2. えらい　　　3. かわいい　　　4. うまい

中譯　狗是聰明的動物。

解析　「かしこい」是「聰明的」；「えらい」是「偉大的」；「かわいい」是「可愛
的」；「うまい」是「很棒的」，故答案為1。

（　）④ 海岸の砂の上を歩くのはいい気持ちだ。

　　　　1. すみ　　　　2. すな　　　　3. しま　　　　4. しな

中譯　走在海岸的砂子上很舒服。

解析　「隅」是「角落」；「砂」是「砂子」；「島」是「島嶼」；「品」是「貨品」，
故答案為2。

（　）⑤ 各部屋に電話が備えてある。

　　　 1. つたえて　　　　2. そなえて　　　3. ささえて　　　4. ふるえて

中譯 在各個房間都備有電話。

解析 「伝える」是「傳達」；「備える」是「準備」；「支える」是「支撐」；「震える」是「發抖」，故答案為2。

問題Ⅱ　_____ の言葉を漢字で書くとき、最もよいものを1・2・3・4
　　　　 から一つ選びなさい。

（　）① かいせいに恵まれてスポーツ大会は大成功だった。

　　　 1. 改正　　　　　 2. 快晴　　　　　 3. 回生　　　　　 4. 開成

中譯 受惠於大晴天，運動會非常成功。

解析 四個選項發音都相同，但依句意，只有「快晴」（大晴天）才合理，故答案為2。

（　）② どんなにさがしても見つからない。

　　　 1. 察して　　　　 2. 査して　　　　 3. 探して　　　　 4. 渡して

中譯 不管怎麼找都找不到。

解析 「察する」是「察覺」；「探す」是「找」；「渡す」是「交給」，選項2則是不存在的字，故答案為3。

（　）③ たまごを使って、お菓子を作る。

　　　 1. 玉　　　　　　 2. 球　　　　　　 3. 卵　　　　　　 4. 卯

中譯 用雞蛋做點心。

解析 「卵」是「雞蛋」的意思，故答案為3。

（　）④ この服はきじが悪い。

　　　 1. 着地　　　　　 2. 気地　　　　　 3. 木地　　　　　 4. 生地

中譯 這件衣服布料不好。

解析 「生地」是「布料、質料」的意思，其他三個選項均為不存在的字，故答案為
4。

（　）⑤ 月の光は湖をてらしている。
1. 映らして　　　2. 光らして　　　3. 明らして　　　4. 照らして

中譯 月光照亮湖面。

解析 「照らす」是「照亮」的意思，故答案為4。

**問題Ⅲ　（　　）に入れるのに最もよいものを、1・2・3・4から一つ
選びなさい。**

（　）① 見知らぬ人に話し（　　）。
1. かけられた　　2. だされた　　3. こまれた　　4. 合われた

中譯 被不認識的人搭訕。

解析 「話しかける」是「對人說話」的意思，故答案為1。

（　）② この薬は、食後1時間（　　）に飲んでください。
1. 以下　　　2. 以上　　　3. 以外　　　4. 以内

中譯 這個藥請餐後一個小時以內服用。

解析 「～以内」的表達方式和中文類似，故答案為4。

（　）③ あの人とは（　　）対面とは思えなかった。
1. 初　　　2. 諸　　　3. 緒　　　4. 所

中譯 一點都不覺得和那個人是第一次見面。

解析 「初対面」表示「第一次見面」，故答案為1。

（　）④ 駆け（　　）乗車はお止めください。
1. つけ　　　2. 出し　　　3. 入れ　　　4. 込み

中譯 請勿奔跑乘車。

解析 「駆け込む」有「跑進去」的意思，所以答案為4。

（　）⑤ 先生でも間違_{せんせい}うことはあり（　　）。

    1. かける　　　　2. 切る　　　　3. 抜く　　　　4. える

中譯 老師也有可能會犯錯。

解析「～える」表示「有可能～」，故答案為4。

問題Ⅳ（　　）に入れるのに最もよいものを、１・２・３・４から一つ
選びなさい。

（　）① あの人_{ひと}は若_{わか}いですが、とてもたのもしいです。（　　）やさしいので、
つきあいたいと思_{おも}っています。

    1. それに　　　　2. それで　　　　3. だから　　　　4. しかし

中譯 那個人雖然年輕，但卻非常可靠。而且又很體貼，所以我想和他做朋友。

解析 本題考「接續詞」，「それに」是「而且」，表示「補充」的意思；「それで」
和「だから」都是「因為～所以～」，表示原因；「しかし」是「但是」，是
逆態接續詞，故答案為1。

（　）② ギターは弾_ひき方_{かた}によって、いろいろな感情_{かんじょう}を（　　）できる。

    1. 実現_{じつげん}　　　　2. 表現_{ひょうげん}　　　　3. 発揮_{はっき}　　　　4. 発表_{はっぴょう}

中譯 吉他依不同的彈法，能表達各種不同的情感。

解析 本題考漢詞，「実現_{じつげん}」是「實現」；「表現_{ひょうげん}」是「表達」；「発揮_{はっき}」是「發揮」；
「発表_{はっぴょう}」是「發表」，故答案為2。

（　）③ 長_{なが}い時間_{じかん}をかけて話_{はな}しあったが、（　　）が出_でなかった。

    1. 決心_{けっしん}　　　　2. 決定_{けってい}　　　　3. 結論_{けつろん}　　　　4. 結果_{けっか}

中譯 雖然花了很長的時間討論，但還是沒有結論。

解析 本題考漢詞，「決心_{けっしん}」是「決心」；「決定_{けってい}」是「決定」；「結論_{けつろん}」是「結論」；
「結果_{けっか}」是「結果」，故答案為3。

（　）④（　　）に事_{こと}を処理_{しょり}する。

    1. おおざっぱ　　　2. おおよそ　　　3. だいたい　　　4. あいまい

中譯 把事情大概地處理一下。

解析 本題考副詞，「おおざっぱ」是「粗略地」；「おおよそ」是「大約」；「だい
たい」是「大致上」；「あいまい」則為形容詞，是「模糊不清」的意思，故
答案為1。

（ ）⑤ 毛布を3つに（　　　）ください。

　　　1. おって　　　　　2. つかんで　　　3. まげて　　　　4. たたんで

中譯 請將毯子折三折。

解析 本題考動詞，「折る」是「折斷」；「つかむ」是「捉住」；「曲げる」是「弄
彎」；「畳む」是「折疊」的意思，故答案為4。

・・・

問題Ⅴ 　　　　　の言葉に意味が最も近いものを、1・2・3・4から一つ
　　　　　選びなさい。

（ ）① 木村さんは相当なお金持ちらしい。

　　　1. 絶対に　　　　　2. 本当に　　　　3. かなり　　　　4. たぶん

中譯 木村先生好像相當有錢。

解析 「絶対に」是「絕對地」；「本当に」是「真的」；「かなり」是「相當地」；
「たぶん」是「大概」，故答案為3。

（ ）② ついに試合が始まる。

　　　1. いきいき　　　2. いよいよ　　　3. おのおの　　　4. しばしば

中譯 比賽終於要開始了。

解析 「ついに」是「終於」的意思，而選項「いきいき」是「朝氣蓬勃、栩栩如生」
的意思；「いよいよ」是「就要～」；「おのおの」是「各自」；「しばしば」
是「屢次、再三」，故答案為2。

（ ）③ この計画はおそらく失敗に終わるだろう。

　　　1. いくら　　　　2. もちろん　　　3. あきらかに　　　4. たぶん

中譯 這個計畫恐怕會以失敗結束。

解析 「おそらく」是「恐怕」的意思，選項「いくら」是「再～」；「もちろん」是
「當然」；「あきらかに」是「明顯地」；「たぶん」是「大概」，故答案為4。

（　）④ 意味が全然わからない。

1. あんまり　　　 2. まったく　　　 3. ついに　　　 4. まもなく

中譯 完全不懂意思。

解析 「全然」是「完全（不）」的意思，選項「あんまり」是「（不）太」；
「まったく」是「完全（不）」；「ついに」是「終於」；「まもなく」是
「沒多久」，故答案為2。

（　）⑤ チャンスを逃すな。

1. 提案　　　　 2. 伝言　　　　 3. 機会　　　　 4. 暗記

中譯 不要讓機會溜走！

解析 「チャンス」是「機會」，所以答案為3。

**問題Ⅵ　次の言葉の使い方として最もよいものを、1・2・3・4から一つ
選びなさい。**

（　）① だらけ
1. 彼女はゲームに勝って、お金持ちだらけになった。
2. 子供たちは泥だらけになって遊んでいる。
3. あの教室は汚いだらけだ。
4. バーゲンで、デパートには客だらけだ。

中譯 小孩子們玩得滿身泥巴。

解析 「だらけ」表示「滿是～」的意思，故答案為2。

（　）② 思わず

    1. 財布をなくして思わず困っている。

    2. 思わずあっと叫んだ。

    3. 一生けんめい頑張って、思わず１位になった。

    4. 母は手紙で家族のことを思わず知らせた。

中譯 不由得「啊」地叫了出來。

解析 「思わず」是「不由得、不自覺」的意思，故答案為2。

（　）③ 実に

    1. 間違いない。実にこの目で見たんだ。

    2. 実に私にもよく分からない。

    3.「実にこれから出かけるんです」

    4. この映画は実に面白い。

中譯 這部電影實在很有趣。

解析 「実に」是「實在～」的意思，所以答案為4，其餘選項都應該改為「実は」（其實～）。

（　）④ 余計

    1. 余計な心配をするな。

    2. 仕事の余計に読書をする。

    3. 余計を見つけて本を読む。

    4. 私にはこれを買う余計はない。

中譯 不要多操心！

解析 「余計」是「多餘的」的意思，故答案為1。

（　）⑤ のんびり

    1. あの話はのんびり分からない。

    2. 顔を洗って、頭がのんびりする。

    3. 自信にのんびりに話す。

    4. 故郷に帰ってのんびり暮らす。

中譯 回故鄉悠閒地生活。

解析 「のんびり」是「悠閒地」的意思，故答案為4。

- -

問題Ⅶ　次の文の（　　）に入れるのに最もよいものを、1・2・3・4から一つ選びなさい。

（　）① 無料体験レッスンは 1 回（　　）です。

　　　　1. かぎり　　　　2. くらい　　　　3. さえ　　　　4. として

中譯 免費體驗課程僅限一次。

解析 「～かぎり」是「僅限～」；「～くらい」是「～之類的」；「～さえ」是「連～」；「～として」是「作為～」，故答案為1。

（　）② この寮に入る（　　）、以下の規則をよく読んでおいてください。

　　　　1. に基づいて　　2. に応じて　　3. に際して　　4. に反して

中譯 進入這個宿舍時，請先詳閱以下規定。

解析 「～に基づいて」是「基於～」；「～に応じて」是「依～」；「～に際して」是「～時」；「～に反して」是「和～相反」，故答案為3。

（　）③ このセーターは、私（　　）は忘れがたい祖母からの大切な贈り物です。

　　　　1. によって　　　2. にせよ　　　3. にとって　　4. において

中譯 這件毛衣對我來說，是從難以忘記的祖母那裡得到的重要的禮物。

解析 「～によって」是「依～」；「～にせよ」是「無論～」；「～にとって」是「對於～來說」；「～において」是「在～」，故答案為3。

（　）④ 辞書を買った（　　）、1 度も使われることなく、本棚でほこりをかぶっている。

　　　　1. あげく　　　　2. もので　　　　3. ものの　　　　4. にせよ

中譯 儘管買了字典，但一次也沒用過，在書架上布滿灰塵。

解析 本題考「～ものの」這個句型，功能是表示「逆態接續」，意思為「儘管～但～」，故答案為3。

（　）⑤ チーズケーキにかけては、（　　　）。

1. あの店では2度と買いたくない　　2. あの店のほうがまずい

3. あの店が最高だ　　　　　　　　　4. あの店はやめておこう

中譯 在起士蛋糕這方面，那家店最棒。

解析 本題考「～にかけては」這個句型，意思為「在～方面（最棒）」的意思，故答案為3。

（　）⑥ 今さら（　　　）しかたがないが、もうちょっと慎重に行動すべきだった。

1. 言っても　　　　　　　　　　2. 言えないことも

3. 言わずには　　　　　　　　　4. 言うまでも

中譯 現在再說什麼也沒用了，當時應該更謹慎行事。

解析 「しかたがない」是「沒辦法」的意思，所以要選1才合適。

（　）⑦ 国民の期待（　　　）、あの選手はみごとに世界選手権で優勝した。

1. にこたえて　　　2. に加えて　　　3. に反して　　　4. にしたがって

中譯 回應國人的期待，那位選手漂亮地在世運奪冠。

解析 「～にこたえて」是「回應～」；「～に加えて」是「加上～」；「～に反して」是「和～相反」；「～にしたがって」是「照著～」，故答案為1。

（　）⑧ 雨にぬれるにも（　　　）、子供たちは外で遊び続けた。

1. かまわず　　　　2. かかわらず　　　3. かかわりなく　　4. およばず

中譯 儘管會被雨淋濕，孩子們還是繼續在外面玩。

解析 本題考「～にもかかわらず」這個句型，意思為「儘管～」，故答案為2。

（　）⑨ 5時間もの話し合いの（　　　）、やっと結論が出た。

1. 最後　　　　　2. 始末　　　　　3. 終わり　　　　4. 末

中譯 五個小時的協商後，終於得到了結論。

解析 本題考「～末」的用法，表示做了各種動作後，「最後～」，故答案為4。

（　）⑩ この映画は、本当にあった事件に（　　　）作られた。

　　　　1. したがって　　　　2. 関して　　　　3. 応じて　　　　4. 基づいて

中譯　這部電影是基於實際發生的事件拍的。

解析　「～にしたがって」是「照著～」；「～に関して」是「關於～」；「～に応じて」是「依～」；「～に基づいて」是「基於～」，故答案為4。

（　）⑪ 暮れから正月に（　　　）、海外旅行に出る人が増えている。

　　　　1. おいて　　　　2. そって　　　　3. かけて　　　　4. 際して

中譯　從年底到新年，出國旅遊的人增加。

解析　「～において」是「在～」；「～にそって」是「依～」；「～から～にかけて」是「從～到～」；「～に際して」是「～時」，故答案為3。

（　）⑫ 4月の8日から1週間（　　　）東京で国際会議が開かれる。

　　　　1. において　　　　2. にあたって　　　　3. にわたって　　　　4. にかけて

中譯　從四月八日起整整一個星期，在東京舉行國際會議。

解析　本題的句型看起來和前一題「～から～にかけて」很像，但「～にかけて」之前應為終點，而不是量詞。所以答案應為3「～にわたって」，表示「整個～」。

（　）⑬ まじめなあの人のことだから、時間どおりに来る（　　　）。

　　　　1. と思えない　　　　2. に過ぎない　　　　3. と言えない　　　　4. に違いない

中譯　因為是很認真的那個人，所以一定會準時前來。

解析　「～と思えない」是「不覺得～」；「～に過ぎない」是「只不過～」；「～と言えない」是「不能說～」；「～に違いない」是「一定～」，故答案為4。

（　）⑭ 最近の食品の偽装問題は相次いで発覚されているので、もう自分で作る（　　　）。

　　　　1. はずはない　　　　2. ことはない　　　　3. しかない　　　　4. さえない

中譯　最近食品製造日期造假的問題相繼被發現，所以只好自己做（菜）。

解析　本題考「～しかない」這個句型，意思為「只有～、只好～」，故答案為3。

（　）⑮ 決して夢をあきらめない彼女の生き方を見ていると、感動（　　）。

    1. するはずがない   2. しないではおかない

    3. しないではいられない   4. するべきでない

中譯 看到她絕不放棄夢想的生活態度，非常感動。

解析 「～はずがない」是「不可能～」；「～ないではおかない」意思為「一定要～」，是N1的句型；「～ないではいられない」是「不得不～」；「～べきではない」是「不應該～」，故答案為3。

問題Ⅷ　次の文の　★　に入る最もよいものを、1・2・3・4から一つ選びなさい。

（　）① 空港までタクシーで 15分だから、すぐ出れば＿＿＿ ＿＿＿ ＿★＿

    ＿＿＿。

    1. ない   2. ことも   3. 合わない   4. 間に

→ 空港までタクシーで 15分だから、すぐ出れば間に 合わない ことも

ない。

中譯 搭計程車到機場十五分鐘，所以立刻出發也未必來不及。

解析 本題考「～ないこともない」這個句型，意思為「未必～、不見得」，故答案為2。

（　）② 日本語を＿＿＿ ＿★＿ ＿＿＿ ＿＿＿、基本的な文法をしっかり身に

つけることだ。

    1. 上で   2. ことは   3. 大切な   4. 勉強する

→ 日本語を勉強する 上で 大切な ことは、基本的な文法をしっかり身に

つけることだ。

中譯 學日文重要的是好好學會基礎文法。

解析 本題考「～上で」這個句型，意思為「在～之上、在～方面」，表示重要的目的，故答案為1。

（　）③ 終了のベルが＿＿＿＿　★　＿＿＿＿　＿＿＿＿、彼は教室を飛び出して
行った。

　　　1. 鳴らないか　　　　2. の　　　　　　3. 鳴ったか　　　　4. うちに

→　終了のベルが鳴ったか　鳴らないか　の　うちに、彼は教室を飛び出して
行った。

中譯　下課鐘一響，他就衝出教室。

解析　本題考「～か～ないかのうちに」這個句型，意思為「一～就～」，表示前一
個動作一發生，緊接著發生下一個動作，故答案為1。

（　）④ 試験があるから、熱があっても＿＿＿＿　★　＿＿＿＿　＿＿＿＿。

　　　1. わけ　　　　　　　2. 休む　　　　　3. いかない　　　4. には

→　試験があるから、熱があっても休む　わけ　には　いかない。

中譯　因為有考試，所以就算發燒也不能請假。

解析　本題考「～わけにはいかない」這個句型，意思為「不能～」，故答案為1。

（　）⑤ 宿題が＿＿＿＿　＿＿＿＿　★　＿＿＿＿、テレビを見てはいけない。

　　　1. から　　　　　　2. と　　　　　　3. 済んで　　　　4. でない

→　宿題が済んで　から　でない　と、テレビを見てはいけない。

中譯　不先寫好作業不可以看電視。

解析　本題考「～てからでないと」這個句型，意思為「不先～（就不行）」，故答
案為4。

模擬試題第三回

問題Ⅰ ＿＿＿＿の言葉の読み方として最もよいものを 1・2・3・4 から
一つ選びなさい。

（　）① 火事で住む家を<u>失</u>った。
1. うしなった　　2. おぎなった　　3. なくなった　　4. うばった

（　）② 薬の効き目が<u>現れ</u>る。
1. あれる　　　2. おそれる　　3. おれる　　　4. あらわれる

（　）③ けわしい<u>岩</u>を登る。
1. せき　　　2. がん　　　3. いわ　　　4. いし

（　）④ 汽車が<u>煙</u>を吐いている。
1. かおり　　　2. くもり　　　3. けむり　　　4. こおり

（　）⑤ <u>貧</u>しい暮らしをしている。
1. かなしい　　2. まぶしい　　3. まずしい　　4. くやしい

問題Ⅱ ＿＿＿＿の言葉を漢字で書くとき、最もよいものを 1・2・3・4
から一つ選びなさい。

（　）① 今年の暑さは<u>かくべつ</u>だ。
1. 格別　　　2. 各別　　　3. 確別　　　4. 較別

（　）② 彼の<u>げっきゅう</u>は 30 万円です。
1. 月給　　　2. 血球　　　3. 決給　　　4. 結給

（　）③ 5万5千人の観客が東京ドームを<u>うめた</u>。
1. 埋めた　　2. 詰めた　　3. 占めた　　4. 生めた

（　）④ これは<u>しろうと</u>とは思えないくらい上手な絵だ。

    1. 素人   2. 白人   3. 玄人   4. 黒人

（　）⑤ 風邪で<u>こえ</u>がかすれた。

    1. 音   2. 聲   3. 肥   4. 声

問題Ⅲ **（　）に入れるのに最もよいものを、1・2・3・4から一つ選びなさい。**

（　）① あの店のケーキは毎日3時には売り（　）ですって。

    1. 上げ   2. 行き   3. すぎ   4. きれ

（　）② あの人は（　）監督として知られている。

    1. 真   2. 高   3. 名   4. 良

（　）③ 夜遅く、人の家に遊びに行くのは（　）常識なことです。

    1. 無   2. 非   3. 欠   4. 没

（　）④ 留学して1カ月たって、最近やっと（　）ついてきた。

    1. 落ち   2. 追い   3. 思い   4. 片

（　）⑤ 夏休みはいろいろなところに出かけて、遊び（　）いた。

    1. まわして   2. まわって   3. かけて   4. かかって

問題Ⅳ **（　）に入れるのに最もよいものを、1・2・3・4から一つ選びなさい。**

（　）① 作文を書くとき、よく有名な人のことばを1部（　）して使う。

    1. 応用   2. 通用   3. 引用   4. 作用

（　）② 先輩の話を聞いて、少し考えが（　　　）。

　　　　1. かわいた　　　2. かたむいた　　3. はぶいた　　　4. ふいた

（　）③ お土産を持って訪ねていったが、鈴木さんは（　　）留守だった。

　　　　1. しばしば　　　2. わざわざ　　　3. つぎつぎ　　　4. たまたま

（　）④ 栄養の（　　）をとるために、野菜をたくさん食べている。

　　　　1. サービス　　　2. ボーナス　　　3. バランス　　　4. マイナス

（　）⑤ 飲み物はビールがいいですか、（　　）ウイスキーに

　　　　しましょうか。

　　　　1. それとも　　　2. それでは　　　3. ところが　　　4. ところで

問題Ⅴ　＿＿＿＿の言葉に意味が最も近いものを、1・2・3・4から一つ

　　　　選びなさい。

（　）① いきなり車が止まった。

　　　　1. うっかり　　　2. 最初に　　　3. 突然　　　　4. しっかり

（　）② その話は単なる噂にすぎなかった。

　　　　1. 本当の　　　　2. 唯一の　　　3. ただの　　　4. 大切な

（　）③ 私はその場にいなかった。したがって、何も知らない。

　　　　1. それでも　　　2. 要するに　　3. だから　　　4. ところが

（　）④ 忙しくなって、帰省の予定を変更した。

　　　　1. ひかえた　　　2. 取り消した　　3. 申し込んだ　　4. ずらした

（　）⑤ 印刷がはっきりしないので、原稿を見せてください。

　　　　1. コピー　　　　2. プリント　　　3. ペースト　　　4. マスター

問題VI　次の言葉の使い方として最もよいものを、１・２・３・４から
**　　　　一つ選びなさい。**

（　　）① まにあう

1. 彼と仕事のことでまにあう。

2. 彼女は黒がよくまにあう。

3. 今から準備してももうまにあわない。

4. 駅の前でまにあいましょう。

（　　）② もっとも

1. 雨が降るかもしれない。もっとも、家にいようか。

2. 彼の意見は正しい。もっとも、彼の立場に立てばの話だが。

3. 年中無休。もっとも、大晦日は休ませていただきます。

4. 試験に受かるためには、もっとも勉強が必要だと思う。

（　　）③ 楽

1. 久しぶりに大学の友だちに会って、楽だった。

2. 足をくずして、楽になさってください。

3. 子どもたちが楽そうに遊んでいる。

4. 私は旅行を十分に楽にしている。

（　　）④ たまたま

1. 彼女はたまたま死んだ夫の写真を出して見ている。

2. たまたま街角であの人を見かけた。

3. たまたまは家に遊びに来てください。

4. 日本にはたまたま台風が来る。

（　）⑤ おしい

1. この時計は捨てるにはおしい。

2. 本番ではおしい結果を残したい。

3. おしかったね。受かるとは思わなかったのに。

4. あの場面では笑うよりほかおしいでしょう。

問題VII　次の文の（　　）に入れるのに最もよいものを、1・2・3・4から一つ選びなさい。

（　）① 1度も踊ったことがない（　　）、彼女は上手に踊れますね。

1. につき　　　2. のわりに　　3. にしては　　4. くせに

（　）② 住民の意思（　　）、高層ビルが建設された。

1. に反して　　2. 反面　　　　3. の一方　　4. どころか

（　）③ 行かなくてもいいですから、参加しようか（　　）などと悩むことはありません。

1. しないか　　2. するべきか　3. すまいか　　4. せずにか

（　）④ 彼は笑って見せたが、その笑顔にはどこか（　　）ところがあった。

1. 寂しがちの　　2. 寂しげな　　3. 寂しっぽい　　4. 寂しぎみの

（　）⑤ 彼の性格（　　）、人を騙すようなことは決してしないはずだ。

1. からいって　　　　　　　2. からといって

3. からには　　　　　　　　4. からでないと

（　）⑥ 少子化で学齢期の児童の数は減る（　　）。

1. つつある　　2. 一方だ　　　3. からだ　　　4. ようにする

（　）⑦（会社で）

田中はただ今外出しております。かわりに私がご用件を（　　　）。

1. 聞きますが 2. お聞きになりますが

3. うけたまわりますが 4. うけたまわれますが

（　）⑧ もう9時になるのに、みんなまだ仕事をしている。疲れたからと
いって、私1人早く帰る（　　　）。

1. ことにはなるまい 2. はずはあるまい

3. わけにもいかない 4. わけではあるまい

（　）⑨ 内容によっては、わが社も協力（　　　）こともありません。

1. する 2. しよう 3. しない 4. すべき

（　）⑩ 祖母は買い物の途中、転んで骨折してしまった。年を取っている
（　　　）、回復が遅いのではないかと心配だ。

1. ほどに 2. かと思うと 3. くらい 4. だけに

（　）⑪ あの先生はきびしかったが、私は彼女をきらう（　　　）感謝して
いる。

1. ばかりか 2. ものの 3. どころか 4. ながらも

（　）⑫ このアパートは、駅から近いわりに（　　　）。

1. いいアパートですね 2. 安いですね

3. やっぱり高いですね 4. 新しいですね

（　）⑬ 弟は今勉強を始めたかと（　　　）、もう居間でテレビを見ている。

1. 思って 2. 思ったら 3. 思い 4. 思ったなら

（　）⑭ 先生のご都合（　　　）来週の講演は延期になります。

1. 上は 2. ほどで 3. ばかりに 4. 次第では

（　）⑮ かたいあいさつは（　　　）、さっそく乾杯しましょう。

    1. ぬかずに　　　2. ぬくものか　3. ぬきながら　4. ぬきにして

問題VIII　次の文の＿＿★＿＿に入る最もよいものを、1・2・3・4から一つ選びなさい。

（　）① ＿＿＿＿　＿★＿　＿＿＿＿　＿＿＿＿、彼がどんな人かは分からない。

    1. ことには　　　2. みない　　　3. 会って　　　4. 実際に

（　）② 部屋の電気が＿＿＿　＿＿＿　＿★＿　＿＿＿、陳君は出かけているようだ。

    1. ところを　　　2. ついて　　　3. みると　　　4. いない

（　）③ この病気は薬を＿★＿　＿＿＿　＿＿＿　＿＿＿というわけではない。

    1. すれば　　　2. 治る　　　3. 飲み　　　4. さえ

（　）④ 日本語では目上の人に話す時、敬語を＿＿＿　＿＿＿　＿＿＿＿★＿。

    1. なって　　　2. ことに　　　3. 使う　　　4. いる

（　）⑤ 日本語は習っていれば自然にできる＿＿＿　＿＿＿　＿★＿＿＿＿ではない。

    1. もの　　　2. なる　　　3. ように　　　4. という

模擬試題第三回　解答

問題 I	① 1	② 4	③ 3	④ 3	⑤ 3
問題 II	① 1	② 1	③ 1	④ 1	⑤ 4
問題 III	① 4	② 3	③ 2	④ 1	⑤ 2
問題 IV	① 3	② 2	③ 4	④ 3	⑤ 1
問題 V	① 3	② 3	③ 3	④ 4	⑤ 2
問題 VI	① 3	② 3	③ 2	④ 2	⑤ 1
問題 VII	① 3	② 1	③ 3	④ 2	⑤ 1
	⑥ 2	⑦ 3	⑧ 3	⑨ 3	⑩ 4
	⑪ 3	⑫ 2	⑬ 2	⑭ 4	⑮ 4
問題 VIII	① 3	② 1	③ 3	④ 4	⑤ 4

※ 計分方式：每回練習共五十小題，答對一題可得二分，滿分一百分。

模擬試題第三回　中譯及解析

問題Ⅰ　＿＿＿＿の言葉の読み方として最もよいものを 1・2・3・4から
一つ選びなさい。

（　）① 火事で住む家を<ruby>失<rt>うしな</rt></ruby>った。

　　　1. うしなった　　　2. おぎなった　　　3. なくなった　　　4. うばった

中譯　因為火災而失去住的地方。

解析　選項1是「<ruby>失<rt>うしな</rt></ruby>う」（失去）；選項2是「<ruby>補<rt>おぎな</rt></ruby>う」（補充）；選項3是「<ruby>亡<rt>な</rt></ruby>くなる」
（過世）；選項4是「<ruby>奪<rt>うば</rt></ruby>う」（搶奪），故答案為1。

（　）② 薬の効き目が<ruby>現<rt>あらわ</rt></ruby>れる。

　　　1. あれる　　　　2. おそれる　　　3. おれる　　　　4. あらわれる

中譯　藥的功效顯現。

解析　選項1是「<ruby>荒<rt>あ</rt></ruby>れる」（狂暴）；選項2是「<ruby>恐<rt>おそ</rt></ruby>れる」（害怕）；選項3是「<ruby>折<rt>お</rt></ruby>れる」
（斷掉）；選項4是「<ruby>現<rt>あらわ</rt></ruby>れる」（出現），故答案為4。

（　）③ けわしい<ruby>岩<rt>いわ</rt></ruby>を<ruby>登<rt>のぼ</rt></ruby>る。

　　　1. せき　　　　　2. がん　　　　　3. いわ　　　　　4. いし

中譯　攀登險峻的岩石。

解析　岩石是「<ruby>岩<rt>いわ</rt></ruby>」，「<ruby>石<rt>いし</rt></ruby>」是「石頭」，「せき」是「石」的音讀；「がん」是「岩」
的音讀，故答案為3。

（　）④ <ruby>汽車<rt>きしゃ</rt></ruby>が<ruby>煙<rt>けむり</rt></ruby>を<ruby>吐<rt>は</rt></ruby>いている。

　　　1. かおり　　　　2. くもり　　　　3. けむり　　　　4. こおり

中譯　火車吐著煙。

解析　選項1是「<ruby>香<rt>かお</rt></ruby>り」（香味）；選項2是「<ruby>曇<rt>くも</rt></ruby>り」（陰天）；選項3是「<ruby>煙<rt>けむり</rt></ruby>」（煙）；
選項4是「<ruby>氷<rt>こおり</rt></ruby>」（冰），故答案為3。

（　）⑤ <u>貧</u>しい<ruby>暮<rt>く</rt></ruby>らしをしている。

1. かなしい　　　　2. まぶしい　　　　3. まずしい　　　　4. くやしい

中譯　過著貧困的生活。

解析　選項1是「<ruby>悲<rt>かな</rt></ruby>しい」（悲傷的）；選項2是「<ruby>眩<rt>まぶ</rt></ruby>しい」（耀眼的）；選項3是「<ruby>貧<rt>まず</rt></ruby>しい」（貧窮的）；選項4是「<ruby>悔<rt>くや</rt></ruby>しい」（悔恨的），故答案為3。

問題II　＿＿＿＿の言葉を漢字で書くとき、最もよいものを1・2・3・4から一つ選びなさい。

（　）① <ruby>今年<rt>ことし</rt></ruby>の<ruby>暑<rt>あつ</rt></ruby>さは<u>かくべつ</u>だ。

1. 格別　　　　2. 各別　　　　3. 確別　　　　4. 較別

中譯　今年的夏天特別熱。

解析　「<ruby>格別<rt>かくべつ</rt></ruby>」是「格外、特別」的意思，答案為1。

（　）② <ruby>彼<rt>かれ</rt></ruby>の<u>げっきゅう</u>は<ruby>３０万円<rt>さんじゅうまんえん</rt></ruby>です。

1. 月給　　　　2. 血球　　　　3. 決給　　　　4. 結給

中譯　他的月薪三十萬日圓。

解析　「<ruby>月給<rt>げっきゅう</rt></ruby>」是「月薪」的意思，故答案為1。

（　）③ <ruby>5万5千人<rt>ごまんごせんにん</rt></ruby>の<ruby>観客<rt>かんきゃく</rt></ruby>が<ruby>東京<rt>とうきょう</rt></ruby>ドームを<u>うめた</u>。

1. <ruby>埋<rt>う</rt></ruby>めた　　　　2. <ruby>詰<rt>つ</rt></ruby>めた　　　　3. <ruby>占<rt>し</rt></ruby>めた　　　　4. <ruby>生<rt>う</rt></ruby>めた

中譯　五萬五千名觀眾塞滿了東京巨蛋。

解析　「<ruby>埋<rt>う</rt></ruby>める」才有「佔滿」的意思，故答案為1。

（　）④ これは<u>しろうと</u>とは<ruby>思<rt>おも</rt></ruby>えないくらい<ruby>上手<rt>じょうず</rt></ruby>な<ruby>絵<rt>え</rt></ruby>だ。

1. <ruby>素人<rt>しろうと</rt></ruby>　　　　2. <ruby>白人<rt>はくじん</rt></ruby>　　　　3. <ruby>玄人<rt>くろうと</rt></ruby>　　　　4. <ruby>黒人<rt>こくじん</rt></ruby>

中譯　沒想到是業餘人士畫出這麼棒的畫。

解析　「<ruby>素人<rt>しろうと</rt></ruby>」是「業餘」；「<ruby>白人<rt>はくじん</rt></ruby>」是「白人」；「<ruby>玄人<rt>くろうと</rt></ruby>」是「專家」；「<ruby>黒人<rt>こくじん</rt></ruby>」是「黑人」，故答案為1。

（　）⑤ 風邪_{かぜ}でこえがかすれた。

  1. 音_{おと}   2. 聲_{こえ}   3. 肥_{こえ}   4. 声_{こえ}

中譯 因為感冒，所以聲音沙啞。

解析 「声_{こえ}」是「聲音」，要小心不要選成正體字「聲」，故答案為4。

問題Ⅲ　（　　　）に入れるのに最もよいものを、1・2・3・4から一つ
　　　　選びなさい。

（　）① あの店_{みせ}のケーキは毎日_{まいにち}3時_じには売_うり（　　　）ですって。

  1. 上_あげ   2. 行_ゆき   3. すぎ   4. きれ

中譯 聽說那家店的蛋糕每天三點就賣完了。

解析 「～きれ」表示動作完全結束，故答案為4。

（　）② あの人_{ひと}は（　　　）監督_{かんとく}として知_しられている。

  1. 真_{しん}   2. 高_{こう}   3. 名_{めい}   4. 良_{りょう}

中譯 那個人以名導演聞名。

解析 「名_{めい}～」這個「接頭語」的表達方式和中文類似，都是「名～」的意思，故答案為3。

（　）③ 夜遅_{よるおそ}く、人_{ひと}の家_{いえ}に遊_{あそ}びに行_いくのは（　　　）常識_{じょうしき}なことです。

  1. 無_む   2. 非_ひ   3. 欠_{けつ}   4. 没_{ぼつ}

中譯 半夜到別人家去玩，真是沒有常識。

解析 本題考「接頭語」，「非_ひ～」有「無～」的意思，故答案為2。

（　）④ 留学_{りゅうがく}して1カ月_{いっげつ}たって、最近_{さいきん}やっと（　　　）ついてきた。

  1. 落_おち   2. 追_おい   3. 思_{おも}い   4. 片_{かた}

中譯 留學過了一個月，最近終於安定下來了。

解析 本題考複合動詞，「落_おち着_つく」是「穩定」；「追_おいつく」是「追上」；「思_{おも}いつく」是「想起」；「片付_{かたづ}く」是「收拾好」，故答案為1。

（　）⑤ 夏休みはいろいろなところに出かけて、遊び（　　）いた。

　　　　1. まわして　　　　2. まわって　　　　3. かけて　　　　4. かかって

中譯 暑假到各地遊玩。

解析 本題考複合動詞「～まわる」的用法，意思為「到處～」，故答案為2。

問題IV （　　）に入れるのに最もよいものを、1・2・3・4から一つ

　　　　選びなさい。

（　）① 作文を書くとき、よく有名な人のことばを1部（　　）して使う。

　　　　1. 応用　　　　2. 通用　　　　3. 引用　　　　4. 作用

中譯 寫作文時，常常引用名人的一句話來用。

解析 本題考漢詞，「応用」是「應用」；「通用」是「通用」；「引用」是「引用」；
「作用」是「作用」，故答案為3。

（　）② 先輩の話を聞いて、少し考えが（　　）。

　　　　1. かわいた　　　　2. かたむいた　　　　3. はぶいた　　　　4. ふいた

中譯 聽了學長的話，想法稍微動搖了。

解析 本題考動詞，選項1是「乾く」（乾）；選項2是「傾く」（傾斜、動搖）；選項
3是「省く」（省）；選項4是「拭く」（擦拭），故答案為2。

（　）③ お土産を持って訪ねていったが、鈴木さんは（　　）留守だった。

　　　　1. しばしば　　　　2. わざわざ　　　　3. つぎつぎ　　　　4. たまたま

中譯 帶了禮物去拜訪，結果鈴木先生碰巧不在。

解析 本題考副詞，「しばしば」是「屢次、再三」；「わざわざ」是「特意地」；
「つぎつぎ」是「一個接著一個」；「たまたま」是「碰巧」，故答案為4。

（　）④ 栄養の（　　）をとるために、野菜をたくさん食べている。

　　　　1. サービス　　　　2. ボーナス　　　　3. バランス　　　　4. マイナス

中譯 為了攝取均衡的營養，所以我都吃很多蔬菜。

解析 本題考外來語，「サービス」是「服務」；「ボーナス」是「獎金」；「バランス」是「平衡」；「マイナス」是「負的」，故答案為3。

（　）⑤ 飲_のみ物_{もの}はビールがいいですか、（　　）ウイスキーにしましょうか。

　　　　1. それとも　　　　2. それでは　　　　3. ところが　　　　4. ところで

中譯 飲料啤酒好呢？還是要威士忌呢？

解析 本題考接續詞，「それとも」是表示二選一的接續詞，一定會用在二個問句間，是「還是」的意思；「それでは」是「那麼」；「ところが」是「但是」，表示「意外」的感覺；「ところで」用來「換話題」，中文類似的表達是「對了～」，故答案為1。

問題Ｖ　＿＿＿＿の言葉に意味が最も近いものを、１・２・３・４から一つ選びなさい。

（　）① いきなり車_{くるま}が止_とまった。

　　　　1. うっかり　　　　2. 最初_{さいしょ}に　　　　3. 突然_{とつぜん}　　　　4. しっかり

中譯 車子突然停下。

解析 「いきなり」是「突然」的意思，而選項「うっかり」是「不留神」；「最初_{さいしょ}に」是「最初」；「突然_{とつぜん}」是「突然」；「しっかり」是「好好地」，故答案為3。

（　）② その話_{はなし}は単_{たん}なる噂_{うわさ}にすぎなかった。

　　　　1. 本当_{ほんとう}の　　　2. 唯一_{ゆいいつ}の　　　3. ただの　　　4. 大切_{たいせつ}な

中譯 那件事只不過是謠言。

解析 「単_{たん}なる」是「只是」的意思，選項裡「本当_{ほんとう}」是「真的」；「唯一_{ゆいいつ}」是「唯一」；「ただ」是「只是」；「大切_{たいせつ}」是「重要的」，故答案為3。

（　）③ 私_{わたし}はその場_ばにいなかった。したがって、何_{なに}も知_しらない。

　　　　1. それでも　　　2. 要_{よう}するに　　　3. だから　　　4. ところが

中譯 我沒在當場。所以我什麼都不知道。

解析 「したがって」是接續詞，「所以」的意思，「それでも」是「儘管如此」；「要するに」是「也就是」；「だから」是「所以」；「ところが」是「但是」，故答案為3。

（　）④ 忙しくなって、帰省の予定を変更した。

　　　　1. ひかえた　　　2. 取り消した　　3. 申し込んだ　　4. ずらした

中譯 變得非常忙碌，所以改變了返鄉行程。

解析 「変更する」是「變更」的意思，「控える」有「面臨」的意思；「取り消す」是「取消」；「申し込む」是「申請」；「ずらす」是「挪動」，故答案為4。

（　）⑤ 印刷がはっきりしないので、原稿を見せてください。

　　　　1. コピー　　　　2. プリント　　　3. ペースト　　　4. マスター

中譯 印得不清楚，所以請給我看原稿。

解析 句子裡的「印刷」，應該解釋為「印刷品、印製的東西」，「コピー」是「影本、複製本」；「プリント」是「印的東西」；「ペースト」是「醬」；「マスター」有「精通、主人、碩士」的意思，故答案為2。

問題VI　次の言葉の使い方として最もよいものを、1・2・3・4から一つ選びなさい。

（　）① まにあう
　　　　1. 彼と仕事のことでまにあう。
　　　　2. 彼女は黒がよくまにあう。
　　　　3. 今から準備してももうまにあわない。
　　　　4. 駅の前でまにあいましょう。

中譯 就算現在開始準備也來不及。

解析 「まにあう」是「來得及、趕得上」的意思，故答案為3。

（　）② もっとも

    1. 雨が降るかもしれない。もっとも、家にいようか。

    2. 彼の意見は正しい。もっとも、彼の立場に立てばの話だが。

    3. 年中無休。もっとも、大晦日は休ませていただきます。

    4. 試験に受かるためには、もっとも勉強が必要だと思う。

中譯 全年無休。不過除夕當天休息。

解析 「もっとも」是「不過」的意思，表示逆態接續，故答案為3。

（　）③ 楽

    1. 久しぶりに大学の友だちに会って、楽だった。

    2. 足をくずして、楽になさってください。

    3. 子どもたちが楽そうに遊んでいる。

    4. 私は旅行を十分に楽にしている。

中譯 請輕鬆坐。

解析 「楽」不是「快樂」，而是「輕鬆」的意思，故答案為2。

（　）④ たまたま

    1. 彼女はたまたま死んだ夫の写真を出して見ている。

    2. たまたま街角であの人を見かけた。

    3. たまたまは家に遊びに来てください。

    4. 日本にはたまたま台風が来る。

中譯 碰巧在街角看到那個人。

解析 「たまたま」是「碰巧」的意思，故答案為2。

（　）⑤ おしい

    1. この時計は捨てるにはおしい。

    2. 本番ではおしい結果を残したい。

    3. おしかったね。受かるとは思わなかったのに。

    4. あの場面では笑うよりほかおしいでしょう。

中譯 這只手錶丟掉很可惜。

解析 「おしい」是「可惜」的意思，故答案為1。

- -

問題Ⅶ　次の文の（　　）に入れるのに最もよいものを、1・2・3・4から一つ選びなさい。

（　）① 1度も踊ったことがない（　　）、彼女は上手に踊れますね。

　　　　1. につき　　　　　2. のわりに　　　3. にしては　　　4. くせに

中譯 以一次都不曾跳過的人來說，她跳得相當棒呀！

解析 本題考「～にしては」這個句型，表示「以～來說」，故答案為3。選項2「のわりに」也有類似的功能，但由於前面已經是常體的句子，所以要將「の」去掉才可以。

（　）② 住民の意思（　　）、高層ビルが建設された。

　　　　1. に反して　　　2. 反面　　　　3. の一方　　　4. どころか

中譯 大樓違反居民的意思興建了。

解析 本題考「～に反して」這個句型，意思為「和～相反」，故答案為1。選項2「反面」、3「の一方」都是表示「另一面～」，選項4「どころか」則是「不要說～甚至還～」的意思，所以均非正確答案。

（　）③ 行かなくてもいいですから、参加しようか（　　）などと悩むことはありません。

　　　　1. しないか　　　2. するべきか　　　3. すまいか　　　4. せずにか

中譯 不去也沒關係，所以不需要煩惱要不要參加。

解析 本題考「～う（よう）か～まいか」這個句型，意思為「要不要～」，表示猶豫的感覺，故答案為3。

（　）④ 彼は笑って見せたが、その笑顔にはどこか（　　）ところがあった。

　　　　1. 寂しがちの　　　2. 寂しげな　　　3. 寂しっぽい　　　4. 寂しぎみの

中譯 他讓我們看到了笑容，但在那個笑容裡，總覺得有些寂寞。

解析 本題考「接尾語」。「～がち」是「容易～」、「～げ」是「看起來、好像」、「～っぽい」是「有點～、常常～」，「～ぎみ」是「感到～」，故答案為2。

（ ）⑤ 彼の性格（　　）、人を騙すようなことは決してしないはずだ。

    1. からいって　　　　2. からといって　3. からには　　　　4. からでないと

中譯 以他的個性來說，應該絕對不會騙人。

解析 本題考「～からいって」這個句型，意思為「從～來說」，故答案為1。「～からといって」則為「雖說～但」，兩者相當容易混淆，請小心！

（ ）⑥ 少子化で学齢期の児童の数は減る（　　）。

    1. つつある　　　　2. 一方だ　　　　3. からだ　　　　4. ようにする

中譯 因為少子化，學齡期的兒童人數不斷減少。

解析 本題考「～一方だ」這個句型，意思為「不斷地～」，故答案為2。選項1「～つつある」（正在～）不能選的原因是「つつある」前面應為動詞「ます形」，所以要改為「減りつつある」才可以。

（ ）⑦ （会社で）

田中はただ今外出しております。かわりに私がご用件を（　　）。

    1. 聞きますが　　　　　　　　　　2. お聞きになりますが

    3. うけたまわりますが　　　　　　4. うけたまわれますが

中譯 （在公司）

田中先生現在外出。由我來代為處理您的事情。

解析 本題考「敬語」。句子的主詞為「私」，所以應使用謙讓語。「聞く」的謙讓語是「承る」，故答案為3。（選項2為尊敬語、選項4則將謙讓語又變成尊敬語「～れる」，故均非正確答案。）

（ ）⑧ もう9時になるのに、みんなまだ仕事をしている。疲れたからといって、私1人早く帰る（　　）。

    1. ことにはなるまい　　　　　　　2. はずはあるまい

    3. わけにもいかない　　　　　　　4. わけではあるまい

中譯 已經要九點了，大家卻都還在工作。雖說很累，但也不能一個人早回家。

解析 本題考「～わけにはいかない」這個句型，意思為「不能～」，故答案為3。

（　）⑨ 内容によっては、わが社も協力（　　）こともありません。

1. する　　　　　2. しよう　　　　　3. しない　　　　4. すべき

中譯 依內容，我們公司未必不會合作。

解析 本題考「～ないこともない」這個句型，意思為「未必不～」，故答案為3。

（　）⑩ 祖母は買い物の途中、転んで骨折してしまった。年を取っている

（　　）、回復が遅いのではないかと心配だ。

1. ほどに　　　　2. かと思うと　　　3. くらい　　　　4. だけに

中譯 祖母在購物途中，摔倒骨折了。正因為上了年紀，所以很擔心她會不會復原得很慢。

解析 本題考「～だけに」這個句型，意思為「正因為～」，故答案為4。

（　）⑪ あの先生はきびしかったが、私は彼女をきらう（　　）感謝している。

1. ばかりか　　　2. ものの　　　　3. どころか　　　4. ながらも

中譯 那位老師雖然很嚴厲，但我哪會討厭她，甚至很感謝她。

解析 「～ばかりか」是「不只～」。「～ものの」和「～ながらも」都是逆態接續，意思都可以解釋為「儘管～但～」。而「～どころか」是「不要說～甚至～」，故答案為3。

（　）⑫ このアパートは、駅から近いわりに（　　）。

1. いいアパートですね　　　　　　　2. 安いですね

3. やっぱり高いですね　　　　　　　4. 新しいですね

中譯 這間公寓離車站很近，但卻很便宜呀！

解析 本題考「～わりに」這個句型，『～わりに』是「格外地」的意思，用來表示前後件不相稱。這個句子中，前件「駅から近い」（離車站很近），照理來說應該是不便宜，但加上了「わりに」表示不相稱的感覺，所以可推測後件應為「安い」（便宜），故答案為2。

（　）⑬ 弟は今勉強を始めたかと（　　）、もう居間でテレビを見ている。

　　　1. 思って　　　　　2. 思ったら　　　　3. 思い　　　　4. 思ったなら

中譯 弟弟才剛開始讀書，卻已經在客廳看電視了。

解析 本題考「〜かと思うと／〜かと思ったら」這個句型，意思為「一〜就〜」，表示前一個動作剛發生，接著就發生下一個動作，故答案為2。

（　）⑭ 先生のご都合（　　）来週の講演は延期になります。

　　　1. 上は　　　　　2. ほどで　　　　3. ばかりに　　　　4. 次第では

中譯 依老師自身的情況，下星期的演講有可能會延期。

解析 「〜次第で」表示「依〜」，若加上「は」成為「〜次第では」，則表示這個特定情況下，有可能發生的事，故答案為4。

（　）⑮ かたいあいさつは（　　）、さっそく乾杯しましょう。

　　　1. ぬかずに　　　　2. ぬくものか　　　　3. ぬきながら　　　　4. ぬきにして

中譯 不要說客套話，趕快來乾杯吧！

解析 本題考「〜を（は）ぬきにして」這個句型，「抜く」有「去除」的意思，所以用來表示「不要、去掉」的意思，故答案為4。

問題VIII　次の文の＿★＿に入る最もよいものを、1・2・3・4から一つ選びなさい。

（　）① ＿＿＿　＿★＿　＿＿＿　＿＿＿、彼がどんな人かは分からない。

　　　1. ことには　　　　2. みない　　　　3. 会って　　　　4. 実際に

→　実際に　会って　みない　ことには、彼がどんな人かは分からない。

中譯 如果不實際見個面，就不知道他是怎樣的人。

解析 本題考「〜ないことには」這個句型，意思為「如果不〜」，故答案為3。

（　）② 部屋の電気が＿＿＿　＿＿＿　＿★＿　＿＿＿、陳君は出かけているようだ。

　　　1. ところを　　　　2. ついて　　　　3. みると　　　　4. いない

→ 部屋の電気がついて　いない　ところを　みると、陳君は出かけている
ようだ。

中譯 從房間電燈關著來看，陳同學好像不在。

解析 本題考「〜ところをみると」這個句型，表示從某個情況來下判斷，中文常翻譯為「從〜來看」，故答案為1。

（　）③ この病気は薬を＿＿★＿＿　＿＿＿＿　＿＿＿＿　＿＿＿＿というわけではない。

　　　　1. すれば　　　　　2. 治る　　　　　3. 飲み　　　　　4. さえ

→ この病気は薬を飲み　さえ　すれば　治るというわけではない。

中譯 這個病並不是吃了藥就會好。

解析 本題考「〜さえ〜ば」這個句型，意思為「只要〜就〜」，動詞的連接方式為「ます形＋さえすれば」，故答案為3。

（　）④ 日本語では目上の人に話す時、敬語を＿＿＿＿＿　＿＿＿＿＿　＿＿＿＿　＿＿★＿＿。

　　　　1. なって　　　　　2. ことに　　　　　3. 使う　　　　　4. いる

→ 日本語では目上の人に話す時、敬語を使う　ことに　なって　いる。

中譯 日文中，和上位者說話時固定要用敬語。

解析 本題考「〜ことになっている」這個句型，表示固定的事、習慣，故答案為4。

（　）⑤ 日本語は習っていれば自然にできる＿＿＿＿＿　＿＿＿＿　＿＿★＿＿　＿＿＿＿
ではない。

　　　　1. もの　　　　　2. なる　　　　　3. ように　　　　　4. という

→ 日本語は習っていれば自然にできるように　なる　という　ものではない。

中譯 日文未必能說學了就自然會。

解析 本題考「〜というものではない」這個句型，意思是「未必能說〜」，故答案為4。

國家圖書館出版品預行編目資料

新日檢N2言語知識（文字‧語彙‧文法）
全攻略　新版 / 林士鈞著
--三版--臺北市：瑞蘭國際, 2023.04
288面；17×23公分 --（檢定攻略系列；77）
ISBN：978-626-7274-23-1（平裝）
1.CST：日語　2.CST：讀本　3.CST：能力測驗

803.189　　　　　　　　　　112004661

檢定攻略系列 77

新日檢N2言語知識（文字‧語彙‧文法）全攻略 新版

作者｜林士鈞‧責任編輯｜葉仲芸、王愿琦‧校對｜林士鈞、葉仲芸、王愿琦

日語錄音｜今泉江利子、野崎孝男‧錄音室｜不凡數位錄音室
封面設計｜劉麗雪、陳如琪‧版型設計｜張芝瑜‧內文排版｜帛格有限公司、余佳憓

瑞蘭國際出版

董事長｜張暖彗‧社長兼總編輯｜王愿琦
編輯部
副總編輯｜葉仲芸‧主編｜潘治婷
設計部主任｜陳如琪
業務部
經理｜楊米琪‧主任｜林湲洵‧組長｜張毓庭

出版社｜瑞蘭國際有限公司‧地址｜台北市大安區安和路一段104號7樓之1
電話｜(02)2700-4625‧傳真｜(02)2700-4622‧訂購專線｜(02)2700-4625
劃撥帳號｜19914152 瑞蘭國際有限公司‧瑞蘭國際網路書城｜www.genki-japan.com.tw

法律顧問｜海灣國際法律事務所　呂錦峯律師

總經銷｜聯合發行股份有限公司‧電話｜(02)2917-8022、2917-8042
傳真｜(02)2915-6275、2915-7212‧印刷｜科億印刷股份有限公司
出版日期｜2023年04月初版1刷‧定價｜480元‧ISBN｜978-626-7274-23-1

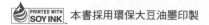 本書採用環保大豆油墨印製